ミィハー
[著者]三月みどり
[原作・監修]Chinozo
[イラストレーター]アルセチカ
ミィハー

いつもの教室
立花ライカ
たちばな・らいか

七瀬ユクエ
ななせ・ゆくえ

星華のプランクスター

「僕と一緒に、
僕の夢を
叶えてくれませんか？」

「私もユクエくんが大好き！」

テテテレテテテテレ

CONTENTS

まともにできない

ドウショウモナイ

テテテレテテテテレ

ミィハー

三月みどり
原作・監修：Chinozo

MF文庫J

テテテレテテテテテレ

まえがき

こんにちは、こんばんは。

原曲を作りました、Chinozoと申します。

ミィハーが小説化しましたね！　まさかですが、なんと今作で自分の曲から七作品目！

僕はもう嬉しい気持ちでいっぱいです……。


ミィハーという楽曲の主題は、「生きづらさ」です。

例えば、〇〇というアニメのA子にあなたが本気で恋をしたとします。

でも、それは二次元に対する恋。多数の人はおそらく馬鹿にしてきます。（僕も馬鹿にされたことがあtt）

ですが、それってなぜダメなんでしょうか？　恋って自由だと思いませんか？

誰かが決めたわけでもないのに、〝みんな〟がダメという見えなくて分厚い圧力。

その結果僕達は社会に適合して今を生きていくわけですが、
ダメと言われたところで、こっちは本気で恋してるんだから、引き下がるのも苦しいはずですよね。

A子は世界にたった一人やねんと。

テテテレテテテテテレ

ドウショウモナイ

まともにできない

社会というやつは、僕達がミーハーになることを強烈に求めます。
そういった、複雑な葛藤をこの曲には込めています。（先述の例はあくまで例えです）

三月先生、この度も本楽曲を三月ワールドに仕立てて世に出してくださり、ありがとうございます。
アルセチカ先生、今作も最高のキャラクターたちを描いてくださり、感謝です。

そして、改めて読者の皆様には頭が上がりません。
いつか一緒に僕の曲を流しながらチーズでも食べにいきましょう。
それでは小説「ミィハー」、どうぞ！

［原作・監修］Chinozo

［口絵・本文イラスト］アルセチカ

テテテレテテテテテレ

◯プロローグ

高校の卒業式前日。私――七瀬《ななせ》レナは深夜になっているにもかかわらず眠れずにいた。

けれど、それは卒業するのが寂しいとか悲しいとか……まあ、そういう気持ちもないわけじゃないけど、それが理由じゃない。

だって、私は明日の卒業式には出ないから。

明日、友達と会うことも、大切な人と会うこともない。

別れの挨拶を交わすこともない。

これはずっと前から決めていたことだ。

だから、色んな感情の整理はとっくの昔にできている。

じゃあ、私がどうして眠れないでいるのかというと、明日から私は夢に挑戦するから。

しかも『ハリウッド女優になる』っていう、誰が聞いても無謀に思えるような夢。

その夢を叶《かな》えるために、明日、私はアメリカに旅立つことになっている。

もちろん夢に挑戦できるって楽しみな気持ちもあるし、あっちに行って何もできなかったら……っていう不安もある。そんな感情が入り混じって、全然眠れないんだ。

いや正直、不安の方がすごく大きい。……私って、結構プレッシャーとかには強いタイプなのに、なんか情けないや。

でもね、私は自分の夢が叶わないなんて思っていない。

夢を叶えるために、中学の頃に劇団に入って、ずっと演技力を磨き続けてきた。

劇団の練習以外でも、ずっと演技が上手《うま》くなることだけを考えて生きてきた。

私よりハリウッド女優になりたいって思っている人なんていないでしょ、ってくらい努力してきた。

だから、自分の夢は叶うと信じている！

……とはいえ眠れないものは眠れないから、気分転換にリビングに行って水でも飲もうかと思っていたら――。

「あっ、お母さん」

ソファに座っているお母さんがテレビで映画を観《み》ていた。有名な日本のミステリー映画だ。きっと映画好きのお父さんのコレクションの一つだと思う。

「あらレナ、どうしたの？」

お母さんは私に気づいて訊《き》いてきたけど、私は正直に答えるか迷う。明日からアメリカに行くっていうのに、お母さんを不安がらせるような言葉は言いたくないなぁ。

「ひょっとして眠れないの？」

そう思っていたのに、お母さんにはバレバレだったみたい。いつも思ってるけど、お母さんって本当に何かと鋭いんだよね。

「……まあ、うん」

「じゃあ私と同じだ！」

私が小さく頷《うなず》くと、お母さんは笑って言葉を返した。お母さんって年齢が四十代なのに、見た目は完全に二十代にしか見えないんだよなぁ。相変わらずの美女っぷりだ。

その顔が綺麗《きれい》で、娘なのにドキッとしてしまう。

「お母さんも、眠れないの？」

「まあね。明日、可愛《かわい》い娘がアメリカに旅立つってなると、さすがに心配にもなるし……ユクエくんも同じ理由でさっきまで起きてたんだよ。もう寝ちゃったけど」

「お父さんも……その、なんかごめん」

そこまで心配してくれているなんて思ってもなかった。お母さんとお父さんって、いつも私のことをすごく想《おも》ってくれているのは知っているけど、挑戦とかそういうのにはイケイケみたいな感じだから。アメリカに行くことを話した時だって、もちろん二人とも心配はしていたけど、割とすんなり承諾してくれたし。

「謝らなくていいの。私たちはレナの夢を応援するって決めたんだから。あっちに行っても精一杯頑張ってきなさい」

「……うん」

私が弱々しい返事をしてしまうと、お母さんは不思議そうに首を傾《かし》げた。

「どうかしたの？」

「その……情けないかもしれないけど、明日アメリカに行って夢を叶《かな》えに行くんだってなったら……ちょっと不安になっちゃって」

私が話すと、お母さんはちょっと驚いた表情をして、

「それが眠れない理由だったのね。私はてっきりアメリカに行くからテンション上がっちゃって眠れないのかと思ってた。小学生の遠足の前日みたいな感じで」

「結構メンタル強い自信がある私でも、さすがにそこまで鈍感じゃないよ！」

そう言うと、お母さんはクスっと笑った。もう、私をなんだと思っているのさ。

「そっか、そっか。じゃあ私がレナの母親として勇気づけてあげなくちゃいけないね」

「なに？　ハグとかするの？」

やたらスキンシップが多いお母さんのことだから、どうせハグとかに違いない。

いつもは恥ずかしいけど、今日は正直ハグして欲しい気がする。

それくらい自分でも驚くほど、不安になっているから。

――けれど私の問いに、お母さんは首を左右に振った。

「少し、私の昔のお話をしよっか」

予想外の言葉を聞いて、私は少しびっくりする。

「お母さんの昔の話って……」

「正確には、私とユクエくんが高校生の頃のお話だね」

「そっか、お母さんとお父さんって同じ高校だったんだもんね」

「うん。そして、私とユクエくんが今に至るまでのお話」

お母さんの真剣な物言いに、ちょっと緊張が走る。

そういえばお母さんとお父さんの馴《な》れ初《そ》めとか、そういう話って一度も聞いていなかったな。……なんとなく聞いちゃいけないような気もしていたし。

「どう？　いまの私の言い方。ちょっとカッコよくない？」

「お母さん、もう寝てもいい？」

「ごめんごめん！　ちゃんと真面目《まじめ》に話すから！」

自分の部屋に戻ろうとしたら、お母さんが肩を掴《つか》んで必死に引き止める。

もう、こういうところってお母さんの悪いところだよね。

それから私とお母さんは並んでソファに座った。

そして――。

「じゃあ始めるね。私とユクエくんのお話を――」

○プロローグ２

『普通に生きる』

この言葉を聞いて、みんなはどう思う？

普通に学生生活を過ごして、普通に社会人として働いて、普通に結婚して、普通に子供を産んで、普通に死ぬ。

きっとほとんどの人は、こういう生き方を想像するんじゃないかな。

でもね、私が思う『普通に生きる』っていうのは、ちょっと違う。

じゃあ私の中での『普通に生きる』は、どういうことなのかっていうと――。

それはきっと、やりたいことを全て諦めて生きていくってことなんだよ。

だってそうでしょ。生きていたら大好きなことができて、でも夢や目標を抱く前に……。

――どうせ私には無理だから、普通に生きるだけでいいや。

もしくは、大好きなことができて、それで夢や目標ができて、そのために頑張って、でも全く結果が出なくて……。

――もう全部諦めて、普通に生きるだけでいいや。

そう決めて生きていくのが『普通に生きる』ってことでしょ。

逆に、普通に学生生活を送りたい！　普通に社会人として働きたい！　普通に結婚したい！　普通に子供を産みたい！　普通に死にたい！

そんな風に生きる人は、たとえどんな人生でも、すごく良い意味で普通に生きてはいない。他の人がどう思うかはわからないけど、少なくとも私はそう思う。

けどね、人によってはどうしてもやりたいことを諦めなくちゃいけない時が来ることがある。それは年齢的な理由だったり、健康上の理由だったり。

私にもね、大好きなことがあったんだ。それで夢を抱いた。

でも、私は大好きなことが色んな理由で上手《うま》くいかなくて、悩んで、諦めて……もう『普通に生きよう』って考えたこともあった。……だけど、結局は決心ができなくて。

私はずっと中途半端のまま生きていた。

でもそんな時にね、出会ったんだよ。

私と違って、自分の大好きを貫き続けていた彼と――。

第一章　星華《せいか》のプランクスター

七月中旬。高校生活最後の夏。

連日、びっくりするくらいの暑さが続く中、私——立花《たちばな》ライカは朝の教室で、溶けそうな顔をしている親友と適当に喋《しゃべ》っていた。

「アイス食べたい！　いや、アイス食べたい！　もうアイス食べたい！」

親友——葉月未来《はづきみく》ちゃんは、机に体をぐったりさせながら話している。

この子、さっきからアイス食べたいしか言ってないよ。

「そんなにアイス食べたいなら、放課後どっかで食べる？」

「いますぐ食べにいきましょう。学校サボるわよ」

「いやいや、それはダメだよ」

私の言葉に、未来ちゃんは唇を尖《とが》らせて不満そうにする。アイス食べたすぎでしょ。

未来ちゃんはこの高校——星華高校に入学した時に席が隣同士で、それがきっかけで仲良くなったんだ。しかも三年生までずっとクラスが同じで、よく放課後や休日に一緒に遊んでいたら、びっくりするくらい仲良くなっちゃった。

未来ちゃんって、口調は強いけど、すごく美人だし、それにめっちゃ優しいからね！

だから、クラスでも男女両方から、ものすごく人気があるんだ！

「そういえばさ、未来《みく》ちゃんはこの間のテスト、どうだった？」

「テストって定期テストでしょ？　いつも通り、全部八十点台から九十点台とかね」

未来ちゃんはクールに答えてくれる。

「全部良いじゃん。最高じゃん。未来ちゃん可愛《かわい》いじゃん」

「じゃんじゃん、うるさいわね。っていうか最後のやつ、テストと関係ないし。……ライカはどうだったのよ？」

「私？　私は理系科目と英語は良かったよ！　文系科目は……」

未来ちゃんに言葉の続きを言われて、私はしゅんとなってしまう。

「ダメだったのね」

「その通りです。特に現代文と古文がボロボロです」

「まあしょうがないわよ。だってライカって――」

「未来ちゃん、おはよー！」「おっはー！」

未来ちゃんが話している途中、二人の女子生徒がこっちに近づいてきた。

彼女たちはクラスメイトであり、二人とも未来ちゃんの友達なんだ。

一応、私とも友達……だと思いたい！　先に挨拶したのが詩織《しおり》ちゃんで、ノリが軽そうな口調だったのが凛《りん》ちゃんだ。

「ライカちゃん、おっはー！」

「ライカちゃんも、おはよ！」「ライカちゃん、おはよう！」

「えっ……お、おはよう！」

二人とも私にも挨拶してくれたけど、私はぎこちなく挨拶を返してしまう。

うーん、やっぱり未来ちゃん以外とは、上手《うま》く話せないなぁ。

詩織ちゃんと凛ちゃんは、三年生になってから初めて一緒のクラスになったんだけど、二人とも未来ちゃんとは二年生の時に同じ委員会で絡みがあったみたいで、三年生で未来ちゃんと同じクラスになるや、今みたいな感じで未来ちゃんによく話しかけにくるし、放課後や休日に一緒に遊んだりもする。

一応、私にも話しかけてくれたり、一緒に遊んでくれたりするけど、きっと未来ちゃんと話したり遊んだりするついでだろう。

私としては無視とかされるより全然マシだし、なんなら詩織ちゃんも凛ちゃんも私に優しくしてくれるから、むしろ仲良くなりたいんだけど。

……まあ高校に入学してから今まで未来ちゃん以外とロクに仲良くしてこなかった私にできるわけないんだよなぁ。

「今日もライカちゃんのパーカー、可愛いね」

「あ、ありがとう……！」

詩織ちゃんの言葉に、私はまたしてもぎこちなくお礼を言ってしまった。

ちなみに私はいつも可愛《かわい》い水色のパーカーを着ている。星華《せいか》高校の校則は緩めだからパーカーとか着ても問題ないからね。こんな時期に暑くないの？　とか思われそうだけど、このパーカー、割と薄めだし私は暑さに強い、というより寒がりだから意外と大丈夫！

「未来《みく》ちゃん、駅前に新しい喫茶店ができたんだけど、今日の放課後に行ってみない？」

「ウチは行くよー！」

「凛《りん》には聞いてないよ～！」

詩織《しおり》ちゃんから未来ちゃんへの問いに、なぜか凛ちゃんが答えるという漫才みたいなことをする二人。彼女たちは小学校からの付き合いで、いわゆる幼馴染《おさななじみ》らしい。

だから、この二人はいつも息ぴったりだ。

「喫茶店！　いいわね～、そこでアイスを食べましょう！」

「未来ちゃん、まだアイスの欲望があったんだ……」

「当たり前でしょ！　今日はアイスを食べるって決めたから、絶対にアイスを食べるの！」

未来ちゃんが瞳の奥をメラメラと燃やしている。とんでもないアイス欲だぁ！

「じゃあ決まりね！　ライカちゃんも来るでしょ？」

「えっ、行っていいの？」

詩織ちゃんの言葉にびっくりして、私は思わず訊《き》き返してしまう。

「いいに決まってるよ！」「そうだよ！　大歓迎だよ！」

詩織ちゃんに続いて、凛ちゃんもそう言ってくれて……うわ〜めっちゃ嬉《うれ》しい！

「うん、一緒に行く！」

頷《うなず》くと、四人で放課後に喫茶店に行くことに決まった。

やったね！　楽しみだなぁ〜！

なんて、そんな風に浮かれていた時だった――。


「みんな！　おはよう〜！」


教室のドアが開くなり、やたらと元気な声が聞こえた。

見てみると、いかにも陽気な雰囲気を纏《まと》っている男子生徒がにっこりと笑っていた。

……今日も始まったかぁ。

「達也《たつや》、おはよう！　五十嵐《いがらし》さんもおはよう！　優斗《ゆうと》も鈴木《すずき》さんもおはよう！」

男子生徒は教室にいる一人一人に名前を呼びながら挨拶をする。

もちろん快く挨拶を返す人もいるけど、逆にダルそうに挨拶を返す人やスルーする人もいた。ちなみに一応、気遣っているのか女子生徒のことは全員名字で呼んでいる。

「立花《たちばな》さんも、おはよう！」

「あっ……お、おはよう……」

ニコッと笑う彼に、また私はぎこちなく挨拶を返した。いつも思うけど、どんな反応したらいいかわかんないよ。

それから彼は挨拶を続けてクラス全員に挨拶を済ませると、やっと自分の席に座った。

「七瀬《ななせ》って、本当に変なやつね」

ポツリと未来《みく》ちゃんが言った。それに詩織《しおり》ちゃんたちも、こくこくと頷《うなず》く。

七瀬ユクエくん。いまクラスメイトたちに挨拶しまくっていた男子生徒の名前だ。

彼と一緒のクラスになったのは、今年が初めて。けれど、彼のことは一年生の時からよく知っていた。

なぜなら、七瀬くんは星華《せいか》高校で一番の変人であり、問題児だから。

……まあ朝一番にクラスメイト全員に挨拶する時点で、誰でも変人だってわかると思うけど。加えて、昼休みに放送室に勝手に入って（放送室に入った手段は謎）自分の歌を学校中に聞かせたり、文化祭が終わったあとに勝手にキャンプファイヤーを始めたり。

もうやることなすこと、めちゃくちゃだ。

おかげで校内では有名で、先生たちからも要注意人物としてマークされている。

けれど、学校中の生徒から避けられるとか、そういうことはなくて、むしろ男子生徒からは、ハチャメチャな性格のおかげで人気があったりする。

逆に女子からは恐《こわ》がられたりして、かなり避けられがちだけど……。

「なあユクエ、今日の放課後、遊びに行かね？」

七瀬《ななせ》くんは早速、男子生徒たちに囲まれると、その一人から遊びに誘われていた。

やっぱり男子からは人気あるんだよね。

「今日？　もちろんいいよ！」

「決まりだな！」「ユクエ！　いいねぇ！」「どこ行く？」「ゲーセンじゃね？」

「そうだなぁ……あっ、ごめん！」

会話の最中、七瀬くんは何か思い出したかのように自分のバッグを漁《あさ》る。

そして、彼が取り出したのは、手芸セットと作りかけのぬいぐるみだった。

ぬいぐるみと言っても、手のひらサイズの小さいやつだけど。

「ぬいぐるみを作りながら、話してもいい？」

七瀬くんが訊《たず》ねると、男子生徒たちはみんな笑い出した。

「ユクエって、マジおもしれーよな！」「普段めちゃくちゃなのに、手芸好きとか！」

「似合わねー！　けど、おもしれーわ！」「実際、手芸クソ上手《うま》いしな！」

「そうだろ！　僕って面白いだろ！」

七瀬くんが自画自賛すると、さらに男子生徒たちは笑った。

彼は、手芸とか手先を使うことが好きらしい。

普通、男子は堂々と誰かに手芸が好きなんて、さらけ出せない。

手芸って女子がやるものだし、たとえ本当に得意で好きなことだったとしても、わざわざ友達の前で手芸が好きです、なんて公表できない。

だって、バカにされたらどうするのさ。

――けれど、七瀬くんはそんなのどうでもいい、とばかりに自分の好きなことに正直だ。

そんな彼を見ていると……。

「ライカ！」

不意に声をかけられて、私はびっくりして振り返る。

「み、未来《みく》ちゃん。ど、どうしたの？」

「どうしたの？　じゃないわよ。なにぼーっと七瀬の方を見ているの？」

げっ、バレてる。やらかした、七瀬くんの方を露骨に見すぎてたぁ。

「い、いや……なんか気になって」

「えぇ！　もしかして好きなの!?」「そうなの、ライカちゃん!?」「好きなのか!?」

私が曖昧に答えると、未来ちゃんたちはグイッと詰め寄ってくる。

どうしてこうなるの。彼女たちは頭の中がお花畑なのか。

「ち、違うよ。七瀬くんって、その……特殊な人だから」

「まあそうよね。七瀬を好きになる人なんているわけないわよね。変人だし」

「そうだね～」「ウチも同意」

私がそう話すと、未来《みく》ちゃんたちはあっさり納得した。

「じゃあなんで疑ってきたのさ、まったくもう」

「ごめん、ごめん！　怒らないでよ、ライカ！」

未来ちゃんが抱きついてくると、私の机に軽くぶつかってしまって、中に入っていたノートが落ちてしまった。

「ごめん！　ノートを落としちゃったわね！」

そう言って未来ちゃんが拾おうとしてくれるけど——。

「大丈夫。自分で拾うから」

私は未来ちゃんよりも、先にノートを拾ってすぐに机の中に入れた。

少し私の行動が不自然に見えたのか、彼女は不思議そうにこっちを見ている。

「ほ、放課後に行く喫茶店の話、しようよ！　ね！」

「あっ、そうね！　詩織《しおり》、その喫茶店にはどんなアイスがあるの？」

それから未来ちゃんたちとの会話が再開したんだけど……その途中、私はもう一度だけ今度はこっそりと七瀬《ななせ》くんの方を見た。

彼は男子たちとの会話の最中だっていうのに、マイペースにぬいぐるみを作っていた。

そんな彼はすごく楽しそうに笑っていて、私は自然と思ってしまったんだ。

——羨ましいなぁ。

◇◇◇

授業を終えて放課後。予定通り未来ちゃんたちと新しくできた喫茶店に行くために、ひとまず昇降口を出た。

「決めたわ！　今日は抹茶アイスを食べる！」「ウチはチョコミントアイスを食べる！」

「どっちもあるかどうかわかんないよ。少なくとも喫茶店にチョコミントはないよ」

未来ちゃんと凛《りん》ちゃんが好き勝手話して、詩織ちゃんが二人にツッコミを入れていた。

今度は三人で漫才みたいなやり取りしてるなぁ。しかも、かなり面白い。

「ライカちゃんは、何か食べたいものある？」

そんなことを考えて油断していたら、詩織ちゃんから質問がきた。

え、えっと、ここは少しでも会話が盛り上がるように少しユニークなやつを……！

「オ、オムライスかな！　卵をナイフで開くやつ！」

「おっ、それはちょっとありそう！」

詩織ちゃんが良い反応をしてくれた。よ、よし！　上手《うま》くいったぞ！

「おぉ～。あれ、まだあるんだね～」

すると、不意に凛ちゃんが指をさした。その先には校舎の一部があって、本来なら真っ白な壁になっているんだろう。

しかし、そこには白を覆いつくすほどの大きな絵——グラフィティが描かれていた。

グラフィティっていうのは簡単に説明すると、スプレーやマーカーとかで、壁に描かれている文字や絵のこと。

校舎に描かれているのは、とても可愛《かわい》らしい少女のグラフィティで、何かのキャラクターみたいだった。

でも、あんなキャラクター見たことないし、きっとオリジナルキャラクターなんだろう。

「『星華《せいか》のプランクスター』よね。もう何回目かしら」

未来《みく》ちゃんが呟《つぶや》くように言った。

実は校舎にグラフィティが描かれたのは今回だけではなく、もう何度も描かれている。

始まったのは、私たちが一年生の時——二年くらい前から。

ある日、突然、星華高校の校舎に今回のような可愛いグラフィティが描かれていて、全校生徒の注目を集めた。もちろん先生たちは怒って、すぐに消したけど、その一ヵ月後くらいにまた同じようなグラフィティが現れたんだ。

二回目以降は先生たちが本気になって犯人捜しを始めたけど、グラフィティは決まったタイミングで現れるわけじゃなく、言葉通り神出鬼没のため犯人の見当もついていない。

そうして、星華高校の生徒たちの間でグラフィティの作者につけられた名前が『星華のプランクスター』ってわけなんだ。

プランクスターっていうのは、いたずら好きの人のこと。

『星華のプランクスター』はあまりにも正体不明で、実はお化けのいたずらなんじゃないかとか、宇宙人の仕業なんじゃないかとか、生徒たちの間では噂《うわさ》されている。

「でもウチ、そんなにこの絵が好きじゃないんだよなぁ。詩織《しおり》は？」

「えーと、私は絵とかあんまりわかんないんだよね」

凛《りん》ちゃんと詩織ちゃんがそれぞれ、グラフィティの感想を述べる。

『星華のプランクスター』のグラフィティは、いつも賛否両論……いや、否定派の方が多いかもしれない。主に可愛さが独特とか、二次元的すぎとか。

「あたしはこの絵、好きよ！　めちゃくちゃ可愛いじゃない！」

一方、未来ちゃんはグラフィティを褒めていた。

彼女からしたら、このグラフィティの可愛さは好みだったのかも。

「けど、コソコソしてるのは大嫌いね！　さっさと正体現しなさいって感じよ！」

でもグラフィティの作者への評価は、めっちゃ悪いっぽい。すごい怒ってるし……。

「ライカはどう思う？　この絵」

色々思っていたら、未来ちゃんに訊《き》かれた。

話の流れ的に訊いてくるよね……どう答えようかな。

「そ、そうだなぁ……私も詩織《しおり》ちゃんと一緒で、よくわかんないかな」

「あらそう。じゃあ好きなのはあたしだけなのね」

未来《みく》ちゃんはちょっと不満そうだった。ひょっとしたら私は好きって言ってくれると思っていたのかもしれない。

高校生活がずっと一緒で、未来ちゃんは私の好みもだいぶ知ってるから。

まあ確かにこういう可愛《かわい》いものは好きだけど——ん？

「……ない」

グラフィティの話の最中、ちょっと気になってカバンを漁《あさ》っていたら、中に入っているはずのものがなかった。勘違いかと思って、もう一度探してみる……やっぱりない⁉

「どうしたのライカ？　何が——」

「ごめん！　喫茶店には先に行ってて！」

心配してくれた未来ちゃんに構わず、私は走り出した。

ごめんね、未来ちゃん。でも、いまの私は大ピンチなんだ！

いや！　大大大ピンチなんだよぉ〜！

◇◇◇

「……まずい」

まずい！　まずい！　まずい！　まずい！　まずーい!!

私は必死に走りながら、教室に向かっていた。

先生から廊下を走るなと注意されたけど、そんなこと気にしてる場合じゃない！

私は教室にとんでもない忘れ物をしちゃったんだ！

もしアレを誰かに見られたら、もう恥ずかしくて学校に行けないかも！

とにかく！　一秒でも早く回収しなくちゃ！

そんな風にめちゃくちゃ焦りながら、ようやく教室の前に到着する。

中からは特に音はしない。よしよし！　誰もいないっぽいぞ！

今のうちに、さっさとアレを回収しなくちゃ！

そうして、私がドアを開けると――。

「あれ？　立花《たちばな》さん？」

なぜか教室の中には、七瀬《ななせ》くんがいた。

どうしてこんな時に、よりにもよって七瀬くんがいるんだぁ。

「どうしたの？　ひょっとして忘れ物？」

「そ、その通りだよ。ちょ、ちょっと忘れ物しちゃってね」

言葉を返しつつ、私は疑念を抱く。なんでいきなり忘れ物？　なんて訊《き》いてくるんだろう。……も、もしかしてアレを見られちゃったのか⁉

「七瀬《なせ》くんこそ……その、どうして教室に？」

「僕も忘れ物だよ。作りかけのぬいぐるみを取りにきたんだ」

七瀬くんは、朝に作っていた小さなぬいぐるみを見せてくれる。

な、なんだ……自分が忘れ物したから、私も同じじゃないかと思って訊いてきたのか。

って、こんなこと考えてる場合じゃない。さっさとアレを回収しないと。

私は自分の席に行くと、机の中を覗《のぞ》いて——あった！

一冊のノートを手に取ると、一応、七瀬くんに見られないように急いでカバンに入れた。

それから、私はすぐに教室から出ようとする。

七瀬くんって勘とか鋭そうだから、ノートを見られてないとはいえ、このまま一緒にいると嫌な予感がするんだよね。そう思いながら、ちらりと七瀬くんを見てみる。

彼は楽しそうにしながら、作りかけのぬいぐるみを眺めていた。

本当に楽しそうにしながら——。

普通の人が見たら、変なやつだなって思うかもしれない。

だけど、私はそんな七瀬くんのことをすごく良いな！　って思ってしまう。

同時に、私の胸の辺りがキュッと苦しくなった。

でも未来《みく》ちゃんたちに話した通り、別に彼に恋をしているとかそういうわけじゃない。

ただ彼と私を比べて、自分自身に落胆しているだけだ。

「……？」

その時だった。ふと七瀬くんの瞳が少し赤くなっていることに気づいた。

あれって、ひょっとして――。

「立花《たちばな》さんの忘れ物、見つからないの？」

七瀬くんのことを見ていたら、心配されてしまった。

っていうか私、七瀬くんのことを見すぎだよ！

「そ、その……忘れ物は見つかったんだけど……」

「？　だけど？」

私は思っていることを口にしようか悩む。

わざわざ訊く必要ないことなんだけど、知らんぷりするっていうのもなぁ。

迷った挙句、私は七瀬くんに訊くことにした。

「えーと……七瀬くんってさ、さっきまで泣いてた？」

「えっ……な、なんで？」

七瀬くんが急に動揺し出した。否定しないってことは、どうやら当たっているっぽい。

「いや、目が赤くなってたから、そうなのかなって」

「そ、そっか……」

七瀬《ななせ》くんはそう言うと黙ってしまった。普段、変人並みに明るい彼のこんな様子は初めて見る。……やっぱり余計なことを訊《き》いちゃったかな。

反省しつつ、私はなんとか彼を励まさなくちゃって思った。

七瀬くんの涙の原因は、なんとなく予想ついてるから。

「わ、私ね、その……七瀬くんはすごいと思う」

私が伝えると、急だったからか七瀬くんは少し驚いた表情をしていた。

でも私は彼を励ますために、言葉を続ける。

「手芸が好きって、男子だったら言いにくいはずなのに、七瀬くんはそんなこと関係ないって感じで……好きなことを堂々と好きって明かしていて……

逆に私なんて、七瀬くんとはまったくの反対で……」って、違う違う。いまは七瀬くんを元気にさせたいんだから。自分のことは考えない！

「だから、七瀬くんはすごいと思うんだ!!」

もう一度、今度はさっきよりも強く伝えた。

だけど不思議だな。自分のせいとはいえ、どうしてこんなにも彼のことを励ましたくなるんだろう。心なしか、未来《みく》ちゃん以外の相手なのに言葉もスラスラ出てくる。

まさか本当に、私は七瀬くんのことが好き……なわけないんだよなぁ。こうやって彼と話していても微塵《みじん》もドキドキしないし。そもそも恋とか愛とかよくわからないし。

「えーと……そんなに褒めてもらえてすごく嬉《うれ》しいんだけど、急にどうしたの？」

七瀬くんは少し困ったような顔をしていた。……ムム、どういうことだ？

「だって、手芸が好きなことを誰かにバカにされたんじゃないの？」

「誰かにって、誰に？」

七瀬くんが首を傾《かし》げると、私も一緒に首を傾げてしまった。……ムムム？

「そっか！　僕を励まそうとしてくれたのか！」

事態が把握できず、ムを心の中で連発していたら、七瀬くんがぽんと手の平を叩《たた》いた。

励まそうとしてくれたって、逆になんだと思ってたんだろう。

「あのね、僕が泣いてたのは、別に手芸が好きなことをバカにされたってわけじゃないよ」

「ええ⁉　そうなの⁉」

私が驚くと、七瀬くんはこくりと頷《うなず》いた。

「実はさ、さっきまで読んでた漫画が感動的すぎてね」

そう言って、七瀬くんは漫画を見せてきた。漫画とかあまり詳しくない私でも知ってるような、最近、世間で話題のバトル漫画だ。

「校則違反だ」

「悪いことは、バレなきゃ問題なしさ」

七瀬《ななせ》くんは得意げに言ってみせた。まさか漫画が理由で泣いてたなんて。

じゃあ、さっき私が話したことって一体……っていうか、よく考えたら、かなり恥ずかしいことを言ってたな⁉ 今さらになって顔が熱くなってきた。……もういいや。帰ろ。

「その……じゃあ私はこの辺でー」

「あっ、ちょっと待って！」

その場から逃げ出そうとすると、七瀬くんに呼び止められた。

何か言われるのかな、とちょっとビクつきながら振り返ると――。

「立花《たちばな》さん！　ありがとう！」

七瀬くんが太陽みたいな笑顔で、伝えてくれた。

それにドキッ……とはしてないけど、なんだか嬉《うれ》しい気持ちが溢《あふ》れてきた。

伝えて良かった！　って、そう思えたんだ。

「また明日ね！」「う、うん……また明日」

七瀬くんが手を振ると、私も自然と手を振り返してから、教室を出た。

入学して以降、彼とは今朝のように挨拶を交わすくらいしか話したことなかったけど、なんか話せてよかったなって思えた。

七瀬くんを励まそうとしたはずなのに、私の方が少し元気をもらえた気がする。

私はカバンの中にあるノートをギュッと掴《つか》んだ。

わざわざ教室まで取りに戻った私のノート。

私の〝大好き〟が詰まったノート。

――好きなことを好きって言える人って、やっぱりすごいなぁ。

◇◇◇

数日後。家族がみんな寝静まった深夜。

どうにも私は眠れなくて、自分の部屋の窓からぼんやりと外を眺めていた。

寝つきが悪いタイプではないと思うんだけど、たまにこういう日があるんだよね。

眠れなくても、早く寝なくちゃ。明日も学校あるし。

そう思って、もう一回ベッドに潜ってみるけど……やっぱり眠れないや。

……しょうがない。こういう時、私は決まってやることがある。

まずパジャマから軽装に着替えて、お気に入りの水色のパーカーも着ちゃって、それから必要なものをカバンの中に詰めた。

「おっと、これを忘れるわけにはいかないよね」

そう呟《つぶや》いて、私は最後にノートをカバンの中に入れた。

先日、七瀬《ななせ》くんと話すきっかけができた、あのノートだ。

それから、家族が起きないようにそっと一階へ降りて――外へ出た。

これ親にバレたら、めっちゃ怒られるだろうなぁ。

ちょっと不安になりつつ、気を紛《まぎ》らわすために空を見上げた。

綺麗《きれい》な夜空で、運が良いことに大きな月が顔を見せている。

なんとなく私のことを応援してくれている気がするぞ。眠れない君に良いものを見せてあげよう！　って感じで。

そう感じたら、ちょっと気分良くなって、私は鼻歌を歌い始める。

普段は鼻歌なんて絶対に歌わないんだけど、深夜でテンションが上がってるからかもしれない。あと深夜の住宅街って、恐《こわ》いけどワクワクもするんだよね。

音もなくて人もいないから、この世界は私が支配した！　って気持ちになる！

私は用意した自転車に乗ると、変わらず鼻歌を歌いながら目的地へ向かった。

自転車を漕《こ》ぐこと五分くらい。着いた場所は星華《せいか》高校だった。

実は自宅と学校は割と近くて、こうやって自転車でも来れちゃうんだ。

登校する時はいつも歩いているんだけど、いまは深夜だから一応、用心のためにね。

「よいしょっと」

自転車を校門の前に置いたあと、学校の敷地内に入るために柵をのぼる。

こんなところ誰かに見つかったら大変だけど、こんな時間の学校には絶対に誰もいないから平気なんだよね。

無事、柵を乗り越えたあと、ついでに校舎の壁に描かれていたグラフィティを確認したけど……やはりいまはもうなかった。なんでも未来《みく》ちゃんたちと一緒に喫茶店に行った日に、いつもみたいに運動部が先生たちに頼まれて消してしまったらしい。

もったいないなぁ、すごく可愛《かわい》かったのに。

でも、まあ……。

——また描けばいっか。

私はカバンを地面に下ろすと、中から何本かのカラースプレーを取り出す。

実はお父さんが趣味で模型作りをやっていて塗装とかにスプレーを使うんだけど、こっそり借りてきたんだ。いつもバレてないし、今回もきっとバレないでしょ。

お父さんって超が付く鈍感だからね。

続いて私はノートも取り出すと、そのまま開いた。

そこにはキャラクターのようなイラストが沢山描かれていて、どれもすごく可愛い。

しかも、ぺらぺらとめくると、一ページだけでなく二十ページ近くが可愛いイラストで溢《あふ》れていた。

それでね、これはぜーんぶ！　私が描いた絵だ！

「さーて、今日は何を描いちゃおっかな～」

一人でワクワクしながら、私は可愛いイラストを眺めていく。

普段は何かと気が弱い私だけど、自分でも不思議なことに絵のことを考える時はすっごく気持ちが昂《たかぶ》っちゃうんだよね！

……よし！　今日は君にしよう！

私はビシッと一つの絵を指さしてから、ノートをカバンの中に戻した。

次に、地面に置いていた青色のカラースプレーを手に取る。

そして――。


校舎の壁に思いっきり吹き付けた。


もちろん白い校舎の一部は、青色に染まっている。先生たちに見つかったら、きっとものすごく怒られる……というか、余裕で停学とかになっちゃうかも。

けれど、私は手を止めることができなかった。

だって、楽しくて仕方がないから！

私は心臓をドキドキさせながら、スプレーをひたすらに吹き付けていく。

そう。星華《せいか》高校で噂《うわさ》になっている『星華のプランクスター』の正体は、お化けでも宇宙人でもなくて、私――立花《たちばな》ライカだ。

ついでにもう一個言っておくと、立花ライカの大好きなことは――。

絵を描くこと！

◇◇◇

「うわぁ、もう明るくなってきちゃった」

グラフィティを描き終えて、また自転車を漕《こ》いで帰宅したら、太陽が少し顔を出していた。グラフィティのおかげで良い感じに疲れていて、すぐにでも寝れそうだけど……これはちょっとの仮眠しかできないかな。

ちなみに今日のグラフィティだけど、今回も超可愛《かわい》く描けた気がする。

前に未来《みく》ちゃんにグラフィティのことを訊《き》かれた時は、自分の絵だし答えづらくてよくわかんないって返したけど、私は私の絵が大好きだ。

だから今日だって、大満足の出来だったたね。

そして、そんな私の絵で喜んでくれる人を見るのも大好きなんだ。

「………」

でも心のどこかでは、こんなことは良くないことだってわかってる。

先生たちや毎回グラフィティを消している運動部の人たちに迷惑をかけているし、そもそもそんなに絵を描きたいなら美術部とか入れって話だし。

……けれど、私にはその勇気がない。

だって、面と向かって、私の絵が誰かに否定されるのが恐《こわ》いから。

実際、私のグラフィティを見て、凛《りん》ちゃんは好きじゃないって言ってたし、詩織《しおり》ちゃんも微妙な表情してたし。

あの時は自分が描いた絵だって明かしてなかったから、まだ耐えられたけど、もし自分が描いた絵だって明かした上で、私の絵を否定されたらさすがに耐えられない。

まあ詩織ちゃんたちは、私が描いた絵だって知ったら、嘘《うそ》でも褒めてくれるんだろうけど……。私とあまり関わりのない人たちの中には、たとえ私が傍《そば》にいても容赦なく私の絵を嫌いだって言う人が、きっといる。

それが私は、すごく恐い。

だけど絵を描くのは大好きで、誰かに観《み》て喜んでもらいたいって気持ちもあって。

そんな中途半端の気持ちの結果が『星華のプランクスター』だ。

……なんか私って、かっこ悪いな。

「――っ！」

不意に、頭が痛くなる。さすがに寝不足？　かと思ったけど、たぶん違う。

……いつものやつか。だったら、すぐに良くなるよね。

すると思った通り、頭が痛くなったのは一瞬で、もういまは何ともない。

でも眠気はあるから、早く寝なくちゃ。私は自転車を庭に置くと、さっさと家の中へ入った。朝早すぎるため、両親はまだ眠っているみたい。

こっそり自分の部屋に移動して、パジャマに着替えたあとベッドに入った。

眠る前に、少しだけさっき描いたグラフィティのことを思い出していた。

今回もすごく可愛《かわい》く描けて良かったなぁ。私は自然と顔がニヤついてしまう。

そして、改めて強く感じた。

——やっぱり私って、絵を描くことが好きだ。

同時に、どうしてか教室でぬいぐるみを作っていた七瀬《ななせ》くんの姿が浮かんだ。

私は『変人』のように、好きなことを堂々とできない。

かといって、好きなことを諦めて『普通』になることもできない。

『変人』にも『普通』にもなりきれない、一番ダメなタイプの人間だ。

けれど、そんな私にもいつかやってみたいことがある。

それはね——。

大勢の人の前で、私の好きな絵を描くこと。

……まあ、そんなの無理に決まってるよね。

最後に心の中で呟《つぶや》いたあと、眠気の限界を迎えた私はゆっくりと瞳を閉じた。

◇◇◇

「ライカ。昨日、自転車使った？」

二時間くらい仮眠したあと。まだ意識がぼんやりとしながら朝食を食べていたら、お母さんに訊《き》かれた。ちなみにお父さんはもう仕事に行っている。

「えっ、なんで？」

「テーブルの上に置いてるキーケースの位置が、少し変わってる気がしたからよ」

お母さんが少し疑うような目を向けてくる。

実は理由があって、私が自転車に乗るのは禁止されているんだ。だから深夜に自転車に乗った時も、こっそりリビングにあるキーケースから自転車のカギを借りていた。

「別に使ってないけど。っていうか、気にしすぎじゃない？」

「そりゃ気にするでしょ。もし前みたいなことがあったら――」

「あっ、そろそろ行かなくちゃ」

私は一口分残っていた食パンを食べ切ると、そのまま席を立った。

「ちょっと！　ライカ！」

「はいはい、わかってるって」

私はそれだけ言うと、さっさと家を出た。後ろでお母さんが何か言ってたけど、きっといつものやつだ。……まったく、心配しすぎなんだよなぁ。

◇◇◇

「ラーイカ！　おはよ！」

学校に着くと、校門を通り過ぎたところで未来《みく》ちゃんに声をかけられた。

今日も未来ちゃんは可愛《かわい》いなぁ。

「ん？　どうしたの？」

「いや、今日も未来ちゃんは可愛いなって」

「あらライカったら、朝から嬉《うれ》しいこと言ってくれるじゃない」

未来ちゃんにギュッと抱きつかれた。

「うぐぐ。寒がりの私でも、さすがに暑いよぉ」

「なになに？　あたしたちの仲がアッアツってことかしら？」

未来ちゃんはクスっと笑った。本当に暑いんだよぉ。

「あっ、またグラフィティが描かれているのね」

未来ちゃんが私に抱きついたまま、そう言った。

深夜に描いたグラフィティの周りには、大勢の生徒たちがいる。

「いつも思うけど、超可愛いよね」「うんうん！　めっちゃ好み～」

女子生徒の二人組が、そんな会話をしていた。

うわぁ、すっごく嬉しい～！　やっぱり自分の絵を褒められるって、良いよね！

「また掃除しないといけねーじゃん」「ダル～」「面倒くせー」

一方、おそらく運動部だろう男子生徒たちの会話も聞こえてきた。

その瞬間、一気に罪悪感が湧いてくる。運動部のみなさん、本当にごめんなさい……。

「つーか、この絵なに？　全然好きじゃねーんだけど」

「絵がフワフワしすぎだろ」「甘ったるいよな。見てるだけで胸やけしそうだわ」

おまけに、絵もボロクソに言われている。

……そ、そうだよね。当然、私の絵が好きじゃない人だっているよね。

それにこれくらいで、こんなにも傷ついてしまう私なんかが、やっぱり大勢の人の前で
絵を描きたいなんて願い、叶《かな》うわけないや。

良かった。今回も誰にも秘密のままグラフィティを描いて、本当に良かった。

……でもさ、なんか情けないよね。

いちいち隠れて絵を描いて、その絵に良いことを言われたらこっそり嬉《うれ》しがって、悪口を言われたら傷つくけど、面と向かって言われたわけじゃないからって予防線張って。

本当は、私も好きなことを堂々としたいのに――。


「僕はこの絵、すっごく好きだけど！」


不意にそんな声が聞こえた。視線を向けると、そこには七瀬《ななせ》くんがいたんだ。

どうやら、私の絵を嫌っている男子生徒たちに言ったみたい。

「は？　誰だお前？」

「あらら、僕をご存じない？　君って何年生？」

男子生徒の一人が睨《にら》みつけるけど、七瀬くんは全く動じずに訊《たず》ねた。

「一年だけど、なんか文句あんのか？　先輩だとしても容赦しねーぞ」

「なるほどね～。じゃあ僕のことを知らなくて当然か」

うんうん、と納得したように頷《うなず》く七瀬くん。その間も男子生徒は鋭い眼光を飛ばしている。……こ、恐《こわ》いよぉ。

「でもさ、君も噂《うわさ》くらい聞いたことあるんじゃない？　七瀬ユクエってわかる？」

「っ！　ま、まさか、あんたがあの……!?」

七瀬くんが自身のことを明かすと、睨みつけていた彼はもちろん、傍《そば》にいた男子生徒たちも、みんな一斉に顔を青くした。

「五分以上話すと、高校生活の間ずっと彼女ができなくなる、あの七瀬ユクエか!?」

「あと七瀬ユクエに触れられると、途端に勉強も運動もできなくなるらしい」

「それに七瀬ユクエにぬいぐるみを渡されると、将来、必ずハゲるらしいぜ」

男子生徒たちは、全員オドオドしながらそんな会話をする。

すると、七瀬くんは――。

「おっと、なぜかこんなところにぬいぐるみが三つもあるね」

バッグから、手の平サイズのぬいぐるみを三つ取り出した。きっと全部、彼の手作りだ。

「うわぁ!?　ハゲは一番、嫌だぁぁぁぁぁぁぁ!?」

直後、七瀬くんを睨みつけていた男子生徒が逃げ出すと、あとを追うように残りの二人も逃げて行った。……ハゲが一番嫌なんだね。

そう思いつつ、私は自然と七瀬くんに視線を移してしまう。

七瀬くんって、よくグラフィティを見にくるんだけど、いつも私の絵を褒めてくれるんだよなぁ。そんなに私の絵が好きなのかな。そうだったら、すごく嬉しいかも！

そうして七瀬《ななせ》くんがいる方をずっと見ていたら、彼と目が合ってしまった。

「おはよう！　葉月《はづき》さん、立花《たちばな》さん！」

七瀬くんは笑顔で挨拶しながら、こっちに近づいてくる。

彼のことを見てたのバレてるよね⁉　恥ずかしすぎる！　今すぐ逃げたいよ〜！

「七瀬、なんでこっちに来るのよ」

「えっ、来ちゃダメなの？」

「あたしとライカの時間を邪魔しないで。宇宙に帰れ」

「ひどくない⁉　というか僕、宇宙人じゃないんだけど⁉」

未来《みく》ちゃんと七瀬くんが楽しそう……ではないけど、テンポよく話している。

わ、私も七瀬くんと話さないと！　せっかく私の絵を褒めてくれたんだし、それにじっと見ていたくせに何も話さなかったら、変なやつって思われそうだし。

「お、おはよう。七瀬くん」

私が挨拶をすると、七瀬くんはこっちを振り向いて、

「おはよう、立花さん！」

改めて挨拶を返してくれた。しかも二度目の笑顔付き。良い笑顔だなぁ。

「今日もパーカー着てるけど、暑くない？　大丈夫？」

「えっ、大丈夫だよ。その私、暑さに強いから……」

「そうなんだ！　大丈夫そうなら良かった！」

この前会話したとはいえ、大して話したこともない私にも心配とかしてくれるんだぁ、なんか意外だな。

なんてことを思いつつ、私はちょっと悩んだあと、グラフィティのことについて訊《き》いてみることにした。私の絵のどんなところが好きなのかなって思ったから。

「そ、その……七瀬くん。あのグラフィティのことなんだけど」

「あの絵のこと？　が、どうかしたの？」

七瀬くんに訊かれて、私が言葉を返そうとしていると、

「ちょっと！　あたしのライカに手を出さないでくれる！」

「手を出すって……僕は立花さんと話してるだけなんだけど」

「下心が全身から漏れてるのよ！　ほら、早く教室へ行きなさい！」

「えー、だってまだ話の途中だし……」

「ほら早く行きなさい！　しっしっ！」

未来ちゃんが追い払うような仕草をすると、七瀬くんはこれ以上ここにいたら危険だと思ったのか、校舎の方へ向かってしまった。

あぁ、私の絵のことについて詳しく訊きたかったのに……とほほ。

「ライカ、大丈夫？　変なところ触られてない？」

「……うん」

「なら良かったわ。あの問題児め。またライカに近づいたら、承知しないんだから！」

ぷんすか怒っている未来《みく》ちゃん。

未来ちゃんって、実は七瀬《ななせ》くんのこと嫌いみたいなんだよね。

彼女曰《いわ》く、いつもニコニコしているのが、逆に性格が悪そうで嫌なんだって。

正直わからなくもないけど……でも、私は七瀬くんが性格悪そうなんて全く思わないけどなぁ。私の絵のことも良いって、言ってくれたからね。

うん！　絶対に性格悪くなんてないよ！

◇◇◇

放課後。未来ちゃんたちにどっか遊びに行こうって誘われたけど、用事があるからって断った。もちろん彼女たちと遊ぶのが嫌ってわけじゃなくて、本当に用事があったんだ。

で、その用事っていうのはね。

「やっぱり今回の絵も、超可愛《かわい》いね」

昨晩描いたグラフィティを眺めながら、私は一応誰にも聞こえないように呟《つぶや》いた。

ちなみにいまは部活や委員会がある時間帯であり、帰宅部の人はもう帰っている頃だから、周りには誰もいない。

グラフィティを描いた翌日は、私はいつも今みたいに誰もいない時間帯を狙って一人でゆっくりと自分の絵を眺めるんだ。

グラフィティを描いたあとは、両親が起きる前に帰らなくちゃいけないからバタバタしてて、あんまり自分の絵を眺める時間がないからね。

「特に目とか超可愛い。めちゃめちゃ可愛い」

ついでに、こうやって自分の絵を自分で褒めちゃう。

こうした方が、次はどんな絵を描こうかなって楽しくなるし。

……まあ本当は校舎にグラフィティなんて描いちゃいけないんだけど。


「この絵、本当に可愛いよね！」

唐突に私以外の声が聞こえてきた。

びっくりしながら振り返ると、なぜかニコニコした七瀬くんがいた。

「な、七瀬くん⁉　ど、どうしたの？」

「ただグラフィティを見に来ただけだよ。立花《たちばな》さんも同じでしょ？」

「えっ……う、うん。そうだけど……」

お、落ち着け、私。グラフィティを見ていただけで、描いたのが私だってバレるわけじゃないんだから。自然に会話すれば、全然問題なし！

「立花《たちばな》さんもこの絵が好きなの？」

「ど、どうだろう……」

グラフィティは私の絵だって七瀬《ななせ》くんが知らないとはいえ、誰かに自分の絵が好きとか、やっぱり恥ずかしくて言えないよ。逆に彼ならきっと自分が作ったぬいぐるみが好きだって、誰にでも言えちゃうんだろうなぁ。

「僕はこの絵、大好きなんだ。いや、この絵だけじゃなくて、いつも校舎に描かれる絵の全部がね」

「そ、そうなんだ……！」

私の絵をめちゃくちゃ褒められて、顔がすごく熱くなる。は、恥ずかしすぎるよぉ。

「立花さん、大丈夫？　なんか顔が赤い気がするけど」

「だ、大丈夫！　大丈夫すぎるくらい大丈夫だよ！」

大丈夫アピールするために、自分の頰《ほお》をぺちぺち叩《たた》く。

動揺のせいで、よくわかんないことしちゃったよ⁉

そんな私を見て、七瀬くんはキョトンとしたあとクスっと笑った。

「立花さんって、なんか面白いね！」

「お、面白くないよ〜！」

もっと恥ずかしくなってきちゃった。きっとさっきよりも顔が赤くなっていると思う。

けれど不思議と、どこか心地よかった。

なんか七瀬くんと話していると、楽しいな！

……ひょっとして、私って本当に七瀬くんのことが好き――いや、違う違う！

これはそういうのじゃないよ。良い友達になれそうだなって、そういうやつだよね。

きっとそう！　そもそも今まで私は誰かのことを好きになった覚えなんてないし！

だから、私が七瀬くんのことが好きなんて――。

「ところでさ、このグラフィティを描いたのって立花さんでしょ？」

不意に七瀬くんから、そんな言葉が聞こえた。

……ん？　いまなんて？　私がグラフィティを描いたって言ってた？

いやいや、まさか。ただの聞き間違いだよね？

「あっ、ごめん立花さん。ちょっと言い間違えちゃった」

「そ、そうだよね！　急に変なことを訊《き》かれたから、びっくりしちゃったよ！」

私が笑いながらそう返すと、七瀬くんも笑いながらもう一度謝る。

本当にびっくりしたぁ。グラフィティの作者が私だってバレたのかと思っちゃった。

そんなことあるわけないのにね〜。

「でさ『星華《せいか》のプランクスター』って、立花《たちばな》さんのことでしょ?」

「………」

えー、これは完全にあれだね。なんでか知らないけどバレちゃってるね。

でも、どうして? なんでバレちゃってるの?

いやいや、そんなことよりも、どうにかして誤魔化《ごまか》さなくちゃ!

どうせ証拠とかないだろうからね!

「ち、違うよ。私はこんな絵を描けないよ。ほら、美術の授業でも私の絵って微妙だし」

そう。美術の授業の時は、万が一にも私が『星華のプランクスター』だってバレないように、そんなにきちんと描いていない。ほらどうだ、これでもう何も言えまい!

「それはそうかもしれないけど……でも僕、見ちゃったんだよね。あのノート」

「ノート? ……って、まさか」

「その通り! 立花さんの絵が沢山描かれているイラストノートのことだよ!」

七瀬《ななせ》くんはビシッと指をさしてきたあと、カバンから写真を取り出した。

それには私のイラストノートの中身が、ばっちり写っている。

教室にノートを忘れちゃった日の、放課後の時か!

「僕さ、写真を撮るのとかも好きで、いつも使い捨てカメラを持ち歩いてるから、ついでに撮っちゃった」

「いやいや、勝手に他人のノートを撮っちゃダメでしょ!?」

私が動揺しまくっていても、七瀬くんはニコニコしている。こ、この変人め～。

「このノートにある絵の中にさ、今までのグラフィティと全く同じ絵が沢山あるんだ。これでもう言い逃れはできないよね？」

「ぐぬぬ……」

私はどうにか誤魔化すことができないかと必死に考えたけど……ダメだこりゃ。さすがにこれ以上もう誤魔化すことはできないや。

「わかった。私が『星華のプランクスター』って認めるよ。でも、それを知ってどうする気なの？　先生にバラすの？」

「まさか。そんなことするんだったら、いちいちこうやって立花さんと話したりしないよ」

「……た、確かに」

じゃあ七瀬くんは一体何をするつもりなんだろう？

女の子を紹介して欲しいとかかな。うん、きっとそうに違いない。

「協力してもらいたいことがあるんだ」

「女の子を紹介すればいいんだね？」

「いや、全然違うけど」

ムムム、全然違ったみたい。じゃあなんだぁ？　全くわかんないや。

「立花《たちばな》さんには、校舎だけじゃなくて、この街の色んなところにグラフィティを描いて欲しいんだよ」

「……色んなところに？」

私が首を傾《かし》げながら訊《き》き返すと、七瀬《ななせ》くんは頷《うなず》いた。

「たとえばどっかの路地裏とかね。もちろん人前でじゃなくて、いつも校舎に描いている感じでこっそり描いていいよ」

「ぇえ、嫌だよ。外でグラフィティなんて描いたら器物損壊の犯罪じゃん」

まあ校舎に描いても、一応、犯罪になっちゃうんだけどね……。

「そこは大丈夫！　ちゃんとグラフィティを描いていい場所を選ぶから」

「グラフィティを描いていい場所って……そんなところあるの？」

「あるある！　僕を信じてよ！」

「全然信用できないんだけど!?」

軽い感じで言う七瀬くんに、私は思いっきりツッコミを入れる。

それに人前で描かなくても、色んなところに描くってことは、今より色んな人に見られちゃうってことでしょ。

もちろん私の絵を良いって言ってくれる人が増えるかもしれないけど、同時に私の絵に否定的なことを言う人も増えちゃうかもしれないわけで……。

「じゃあ立花さんが『星華《せいか》のプランクスター』だって、クラスのみんなに言ってもいい？」

微妙な反応をしていたら、七瀬くんがさらっと脅迫してきた。

「うわ、ずるいよそれ！」

「ずるいってひどいなぁ。ずる賢いって言ってよ」

結局、ずるいことには変わりないでしょ。

しかし、困ったなぁ。このままじゃ本当に七瀬くんに協力しなくちゃいけない。じゃないと『星華のプランクスター』だってバレちゃうし。

「……というか、なんで七瀬くんは私に色んなところでグラフィティを描いて欲しいの？」

単純に、疑問に思ったから訊いてみた。このままだと間違いなく協力させられるハメになるし、だったら理由くらい聞かせてもらわないとね。

「それはね、僕の夢のためだよ」

「七瀬くんの夢？　ぬいぐるみ屋さんとか？」

私の言葉に、七瀬くんは首を横に振った。あれ、違うんだ。いつもぬいぐるみを作ってるから、てっきりそうだと思ってたけど。

「僕はね、自分のアクセサリーショップを開くことが夢なんだ」

七瀬《ななせ》くんは普段見ないような真剣な物言いで、そう明かした。

アクセサリーショップを開くって……確かに七瀬くんはぬいぐるみを作れるくらい手先が器用だし、アクセサリーを作るのも上手《うま》そうだ。

「言っておくけど、嘘《うそ》じゃないよ。そのためにうちの近くのアクセサリーショップでアルバイトもさせてもらってるし」

「別に疑ってはないけど……君の夢と私のグラフィティになんの関係があるの？」

「立花《たちばな》さんの絵を見ていたら、アクセサリーのデザインのアイデアが沢山湧くから。そのアイデアはまだ自分の店を開いていない今は使わないにしても、将来的には絶対に役に立つでしょ？」

「なるほど。アクセサリーのアイデアのためかぁ」

結構、ちゃんとした理由で私は少し感動してしまった。

そもそも七瀬くんが夢を持っていることが、ちょっと意外だったよ。

「その……そんなに私の絵で、アイデアって湧くの？」

「うん！　だって僕は立花さんの絵が大好きだからね！」

七瀬くんは躊躇《ためら》いなく、眩《まぶ》しいくらいの笑顔で言ってくれた。

それに思わず、鼓動が高鳴ってしまう。そ、そんなに私の絵が好きなんだ。

「それに、僕たちって二人とも名前がカタカナだし、絶対に相性良いでしょ！」

「それは……どうなんだろう？」

個人的に、性格は全然違うと思ってるけど……でも。

「わ、わかった。七瀬くんに協力する。というか協力しないと『星華《せいか》のプランクスター』のことをバラされちゃうし」

「ふふっ、そうだね。ありがとう立花さん！」

七瀬くんはまた笑顔を見せてきて……もういちいち反応しないで、私の鼓動！

それから用事を終えた七瀬くんは、最後に私に挨拶をしてから帰っていった。

こうして私は七瀬くんの夢のために、グラフィティを描くことになったんだ。

うーん、未来《みく》ちゃんが言っていた通り、七瀬くんはやっぱりちょっと性格が悪い人なのかもしれない。

ちなみに私が七瀬くんに協力したのは、もちろん『星華のプランクスター』だってバラされないようにするためなんだけど、他にも理由は二つある。

一つは、こんな私の絵でも誰かの夢の助けになるならって思ったから。

もう一つは——。

もっと七瀬くんと一緒にいられたら、私自身が変われるような気がしたから。

第二章　ライカの秘密

七瀬《ななせ》くんに協力することになった翌日。今さらながら私は本当に街でグラフィティを描かなくちゃいけないのか、と不安になっていた。

いや、だって今までこっそり校舎に描いていたのに、いきなり街で描かなくちゃいけないんだよ！　しかも、下手したら誰かに見つかっちゃうかもしれないし！

……やっぱり七瀬くんに「無理です」って言いに行こうかな。けどそんなことしたら『星華《せいか》のプランクスター』のことをバラされちゃうからできないんだよねぇ。

「立花《たちばな》さん、この文章を読んでもらえますか？」

一人で悩んでいたら、不意に先生に言われた。

いまは現代文の授業中。だから、こうして先生に当てられるのは当然のことだ。

……けれど、私は驚いて固まってしまった。

もちろん不意を突かれたっていうのもあるけど、理由はそれだけじゃない。

現代文の授業では、こうやって私が当てられることは〝絶対〟にないはずなんだ。

それなのに教科書の文章を読むように言われて、私はかなり動揺していた。

先生の方を見ると、彼女も私を見ながらやってしまった！　みたいな顔をしている。

なんだ。先生がうっかりしちゃっただけか。

それなら、しょうがないんだけど……どうしようかなぁ。

なんて色々考えているうちに、クラスメイトたちがどうして文章を読まないんだ？　と不思議そうにこっちを見るようになる。

……頑張るしかないね。そう思って、立ち上がると――。


「あたしが読みます！」「僕が読みます！」


同時に私の他に二人が立ち上がった。それは未来《みく》ちゃんと……七瀬くん？

二人は自身と同じ行動をした人がいたことに驚いたのか、お互いがお互いを見る。

けれど、すぐに七瀬くんが未来ちゃんに譲るように座った。

「葉月《はづき》さんも七瀬さんもやる気ありますね。では今回は葉月さんに読んでもらいましょう」

先生がそう言うと、未来ちゃんは返事をしたあとに指定された文章を読み始めた。

未来ちゃんは綺麗《きれい》な声で難なく文章を読み終えたあと、着席した。

そんな未来ちゃんに、私がありがとう！　と口パクすると、未来ちゃんは気づいてくれて、笑顔も返してくれた。私の親友は優しすぎるよぉ～。

そうやって一人で感動したあと、私はチラッと七瀬くんの方を見る。

彼はちょうど眠たそうにあくびをしていた。しかも、めっちゃ大きなあくび。

自由な人だなぁ、と思いつつ、私は彼に疑念を抱いていた。

どうしてさっき、七瀬《ななせ》くんは「僕が読みます！」なんて言ったんだろう。

この教室には、未来《みく》ちゃん以外にあんなこと言える人なんていないはずなのに……。

◇◇◇

現代文の授業でのトラブルはあったけど、他の授業は特にそんなこともなく、つつがなく終わって放課後を迎えた。そして私は二日連続で、七瀬くんと一緒にいた。

なんでも街にグラフィティを描く件で、話したいことがあるみたい。

未来ちゃんたちには用事があるって伝えたけど、二日連続だからさすがに怪しまれた。なんなら彼氏？　とか訊《き》かれた。

違います、彼氏ではなく変人です。なんて言ったりはしてないけど、なんとか誤魔化《ごまか》して、いま私は七瀬くんからの話とやらを聞こうとしている。

ちなみに場所は、普段使われていない空き教室。この辺はほとんど生徒も来ないし、こうやってこっそり話すには最適な場所だ。

「実はね、グラフィティをやる場所を決めたんだ。今日はその報告をしようかなって」

七瀬くんと会うなり話の内容を訊《たず》ねたら、彼は弾んだ声で答えてくれた。すごいやる気入ってるなぁ……対して、私は街でグラフィティを描くのに不安しかないっていうのに。

「ん？　どうかしたの？」

様子がおかしいことに気づいたのか、七瀬くんが不思議そうに訊いてきた。

「その、今さらなんだけど、やっぱりグラフィティを描きたくないなぁ……なんて」

本音を言ってはみたものの、どうせまた「『星華《せいか》のプランクスター』のことバラしちゃうよ」とか言われるんだろうなぁ……と思っていたけど。

「どうして？」

七瀬くんは真剣な表情で訊ねてきた。少し意外で戸惑ったあと、私は素直に答えた。

「だってさ、街で描くってことは、今まで以上に私の絵が褒められるかもしれないけど、今まで以上に否定もされちゃうだろうし……」

「随分と後ろ向きだなぁ」

「だって！　だって！　私の絵を褒めてくれる人もいるかもしれないけど、絶対に私の絵を良くないって言う人だって出てくるじゃん！」

私の言葉に、七瀬くんは「うーん」と悩んでから、

「絵とかはさ、美的感覚っていうすごく曖昧なものに左右されるから、どんな絵でも、それこそ世界一の画家の絵でも、合わない人には微妙って感じられちゃうと思うんだよ」

「……まあ、確かにそうかも」

「だからさ、そんなに誰にどう思われるかってことにビビらなくていいと思うんだ。立花《たちばな》さんは、立花さんの絵が好きな人のことだけを考えて描けばいいんじゃないかな」

「えー、それは……」

なかなかそんな風に割り切れないよ。誰だって自分の何かを否定する声は、どうしても気にしちゃうものだろうし。……七瀬《ななせ》くんは違うのかもしれないけど。

「言っておくけど、僕が立花さんの絵が大好きだって思ってるのは、本当だからね」

「っ！　そ、それは疑ってないから、いちいち言わなくていいよ」

急に褒めないで欲しいな。普通に照れちゃうから。顔が熱いよ、まったくもう……。

「だから立花さんは自信を持って、グラフィティを描いてよ！　お願い！」

七瀬くんが手を合わせて頼んでくれるけど、私はまだちょっと悩んでいる。

その時、ふと彼の手が視界に入って、指には絆創膏《ばんそうこう》が沢山貼られていた。

「それ、どうしたの？」

「……え？　あぁ、これね。この間、バイトでアクセサリー作りを手伝ったんだけど、それで怪我《けが》しちゃって」

「ええ!?　アクセサリー作りって、怪我とかするものなの？」

訊《たず》ねると、七瀬くんは恥ずかしくてあまり言いたくないのか、苦笑いを浮かべた。

彼が自身の夢のことを話した時、本気だって聞いてはいたけど……本当に本当なんだ。

そっか。夢に向かって、ちゃんと頑張ってるんだね。

「……わかった。私、グラフィティを描くよ」

「えっ、なんで急に。僕としては嬉《うれ》しいけど、本当にいいの？」

七瀬くんに訊《き》かれて、私はちゃんと頷《うなず》いた。

すると、彼は「ありがとう！」って、いつもの眩《まぶ》しい笑顔を見せたんだ。

もちろん不安が消えたわけじゃないけど……私って頑張る人は応援したいんだよね。

頑張るって、ものすごく難しいことだから。

「それで、初めにグラフィティを描く場所なんだけど、僕の家の近くの公園に、グラフィティを描くのにちょうどいいものがあるんだ」

「公園って、そんなところにあるものに描いちゃダメじゃない？」

「問題ないよ！　何を描いても絶対に捕まったりしないから！」

「本当かなぁ……」

また不安が大きくなってきちゃったよ……。

「あっ、街にグラフィティを描き始める時期は夏休みに入ってからね。そっちの方が時間がたっぷりあるし！」

「その……一応、私たちって受験生なんだけど」

「大丈夫！　大丈夫！　僕は塾とか行ってないし、立花《たちばな》さんも理系科目の成績がすごく良いって聞くし！」

「一体、何が大丈夫なの⁉」

まあ私も塾とか行ってないし、受験も身の丈に合った大学に行くつもりだから別にいいんだけど。どうせ毎日グラフィティを描くわけじゃないだろうし。

「ということで、今日の僕の話はおしまいだね！　ごめんね、時間を取らせて」

「それは別にいいけど……」

私がそう返すと、七瀬《ななせ》くんはさっさと帰る準備を始める。

これ以上、私の時間を取らせないためなんだろうけど……なんかちょっと寂しいな。

そう感じた私は、なんか話題がないかなぁ、と考えて――あっ、そうだ！

「そういえばさ、今日の現代文の時間のアレってさ、私のことを助けようとしたの？」

アレとは、私が教科書の文章を読むのに躊躇《ためら》っている時、七瀬くんが代わりに読もうとしてくれたことだ。

「現代文って……あぁ、あの時のことね！　別に助けようと思ったわけじゃないよ。ただ先生からの評価を上げようとしただけ」

「七瀬くんって、軒並み先生からの評判が悪いのに、今更上げる必要あるの？」

「ぐっ……失礼だなぁ」

そう返す七瀬くんのことを、私は嘘《うそ》をつかせないようにじっと見る。

すると、七瀬くんは観念したようにため息をついた。

「大勢の前で声出すのとか得意じゃない人とかいるでしょ？　立花さんもそうなのかなと思っただけ」

「やっぱり助けようとしてくれてたんじゃん」

指摘すると、七瀬くんはちょっと顔を逸《そ》らす。

けれど、その横顔は少し赤くなっていた。あら、可愛《かわい》い。

「はいはい、もう今日は解散ね！」

「うわ、恥ずかしいからって逃げようとしてる」

「うるさい、うるさい。はい、解散でーす！」

七瀬くんは顔を赤くしたまま、逃げるように教室から出て行ってしまった。

そんな彼に、私はクスっと笑ってしまう。同時に、思ったんだ。

街でグラフィティを描くのは不安だけど、夏休みに七瀬くんと一緒に過ごせるのは、なんかすごく楽しそう！

◇◇◇

七瀬《ななせ》くんと空き教室で話した日から少し経《た》って、終業式は終わり夏休みを迎えた。

そして夏休み初日から、いきなり私はグラフィティを描かなくちゃいけないみたい。

というのも昨晩、七瀬くんから私の家に電話がかかってきて、そういう話になった。

ちなみに七瀬くんから事前に家に電話をかける時間を聞いていたから、お母さんが取っちゃうみたいなハプニングは起こっていない。万が一、お母さんが取ったら「彼氏なの？」「もうデートはしたの？」とか面倒くさいことを訊《き》いてきそうだし。

七瀬くんもその辺を気にしてか、事前に電話をかける時間を教えてくれたんだ。

世の中には携帯とかいう便利なものがあるらしいけど、当然ながら一般高校生の私たちは持ってないからね。

ていうか、七瀬くんって学校では問題児扱いなのに、意外と気が利くんだよね。

まともに話す前までは正直デリカシーなさそうって勝手に思ってたけど、全然違うや。

「はい、とうちゃーく！」

午前中、七瀬くんの家の最寄り駅で合流してから、バスと徒歩で目的地である小さな公園に着いた。ここでグラフィティを描くらしいんだけど……。

「七瀬くんの家って、私の家と割と近いんだね」

「えっ、そうなの？」

七瀬くんがびっくりした顔を向けてくると、私は首を縦に振った。

「だって、この辺って私の家からそんなに遠くないし」

「へぇー、そうなんだー」

けれど、七瀬くんはあんまり興味なさそうに言葉を返してきた。

そうですか。私と家が近いとか別にどうでもいい感じですか。

……カラースプレーあるんだけど、吹き付けてもいいかな。

「それでね！　今回、立花《たちばな》さんにはここにグラフィティを描いて欲しいんだ！」

私がちょっぴりムカついていることなんて一切気づいていない七瀬くんは、いつもみたいに笑って話した。

彼が示した場所は、公園にある横長の壁。高さは私の身長くらいで、横にかなり長い。

「この壁はね、いくら落書きしてもいい壁で、遊具に落書きとかされないために作られたものなんだよ」

「そんな壁があるんだ……たぶん人生で初めて見たよ」

彼が言った通り、壁には子供が描いたような落書きがそこそこある。

「これなら校舎と違って、思う存分グラフィティが描けるでしょ？」

「えっ……うん、描けるけど」

七瀬くんの言葉に、私は小さく頷《うなず》いた。

「じゃあ立花さん！　さっそくグラフィティを描いてみてよ！　今なら人もいないし、普段みたいに描けると思うし！」

「確かに人はいないけど……そのうち子供とか来るでしょ？」

「実はこの公園って住宅街の中にあるから小さいし、遊べる遊具もそんなにないから子供にあんまり人気ないんだよねー。だから落書きの数も多くはないでしょ」

「そうだね……ってことは、このまま誰も来ないってこと？」

訊《たず》ねると、七瀬《ななせ》くんはグッと親指を立てた。どうやら子供とかは来ないみたい。

「さあ立花《たちばな》さん！　自由にグラフィティを描いてみて！」

七瀬くんは、期待しているかのような瞳を向けてくる。

そ、そんなに私の絵が観《み》たいのかな。なんて思いつつ、このまま描かないと『星華《せいか》のプランクスター』のことをバラされちゃうし、私は壁にグラフィティを描くことにした。

持ってきたイラストノートの中から少し時間を使って描きたい絵を決めたあと、幾つかのカラースプレーを……いや、今回はペイントマーカーにしようかな。それも水とかで消しやすいやつ。たまに子供が落書きしに来るなら、こっちの方がいいよね。

校舎の壁は素材的にペイントマーカーだと描きにくいからスプレー使っちゃってるけど、今回の壁は問題なさそうだし。そう決めて、数種類のペイントマーカーを準備する。

ちなみに、これもお父さんが模型の色塗りで使うやつを、勝手に借りている。

お父さん、いつもみたいに後でちゃんと返すからね。

チラッと七瀬くんを見てみると、彼はさっきと同じ目でずっと私を見ていた。

……なんか緊張するな。

私は少し呼吸をしたあと――壁に描き始めた。

今回描くのは、ボーイッシュな少女キャラ。

でもボーイッシュといっても、王子様系とかクール系とか色々タイプがあるけど、今日は元気系のボーイッシュキャラを描いちゃう。

なんで描くのかって訊《き》かれたら、そういう気分だから！

私はね、その時に好きな絵を描くのが大好きなんだよ！

それから、私はひたすら壁に描き続けた。

最初は七瀬くんのことを気にしてたけど、いつの間にか絵を描くことに没頭していた。

それくらい私にとって、絵を描くことは楽しいからね。

と、そんな感じで私は絵を描き続けていたんだけど……。

「パーカーのお姉ちゃん、何してるの？」

不意に声が聞こえた。びっくりしてすぐさま振り返ると、そこには小学校低学年くらいの男の子がいた。さらに後ろには、彼と同い年くらいの男の子と女の子がいる。

「……ど、どうして子供が？」

疑問に思いつつ、七瀬くんの方を見る。すると、彼はニコッと笑って、

「どうしてだろう？　人気のない公園が好きな子供もいるってことかな？」

とか意味わからないことを言い始めた。

今度こそ、スプレーを吹き付けてもいいかな？　いいよね!!

「でも、さっきはこのまま誰も来ないって……」

「立花《たちばな》さんの質問に、僕は親指を立てただけで、イエスとは答えてないんだよね～」

七瀬《ななせ》くんはまた親指を立てて、ウィンクしながら答えた。

「だけど約束したよね？　私の正体がバレないようにしていいって」

「そこは安心して！　僕には秘策があるから！」

またまた親指を立てて、ウィンクしてきた。

そんな七瀬くんに、さすがに腹が立って――。

「安心できる、か！」

私はカバンからカラースプレーを取り出すと、七瀬くんのズボンに向けて吹き付けた。

「ちょっ、いきなり何するの!?」

「七瀬くんがムカつくことばっかりするからだよ。えいえいえい！」

「待って待って！　本当に待って！　カラースプレーはシャレになってないから！」

ちょっと距離があるからか、七瀬くんは的確に避《よ》けてくる。

ムカつくー。というか七瀬くんって、ひょっとして運動神経良いの？

「パーカーのお姉ちゃん。この絵の続きは描かないの？」

すると、さっきの男の子がそんなことを訊《き》いてきた。

グラフィティは、まだ顔の部分だけしか完成していない。

「その……絵の続きが観《み》たいの？」

「うん！　だってこの絵、すごく良い絵だし！」

「オレもこの絵の続き観たい！」「私も！　だってめっちゃ可愛《かわい》いし！」

最初の男の子に続いて、後ろにいる二人も私の絵の続きが観たいって言ってくれた。

しかも、子供らしいすごくキラキラした瞳で。

今までずっと隠れて描いてきた私にとって、それは初めての経験だった。

私の絵を観て、私にこんなに良い目を向けてくれて。

たったそれだけのことなのに、なんていうか……いつもより、ものすごくやる気が湧いてくる。この子たちのために、この絵を完成させたい！　って気持ちになるんだ!!

「君たちのために、すぐにこの絵を完成させてあげるからね！　待ってて！」

私の言葉に、子供たちは嬉《うれ》しそうに声を上げてくれた。

それだけで、私はさらにやる気が湧いてきたんだ。

よーし！　頑張って完成させるぞー！

心の中で意気込んだ私は、子供たちに見守られながら夢中で壁に描き続けた。

それでね、そうやって描いている時間は、いつも一人で描いている時よりも何十倍も楽しく思えたんだ！


「これで……かんせーい!!」

子供たちが来てから一時間後。午前の時間を目一杯使って、グラフィティを完成させた。

最初に決めていた通り、元気系でボーイッシュな少女が可愛いポーズをしている。

うん！　我ながらめっちゃ可愛いね！

……だけど、子供たちはどう思うんだろう。そう不安に思っていると――。

「絵がめちゃくちゃうめぇー！」

「すっげー！」「ちょー可愛い！　可愛すぎる!!」

子供たちも嬉しそうにグラフィティを観ていて、どうやら満足してもらえたみたい。

加えて、子供たちの表情を見ているだけで、私も嬉しくなってきちゃった。

……そっか。今までの私って、明確に誰かのために何かを描いたことがなかったから、こんな気持ちになるのも初めてなんだ。でもこの気持ち、すごく良いかも！

「立花《たちばな》さん。随分、嬉しそうな顔をしてるね」

不意に七瀬《ななせ》くんが、ちょっと不思議そうに訊《たず》ねてきた。

「うん。今まで私って誰かのために絵を描くことってなかったんだけど、今日は子供たちのために描いて、その子供たちが喜んでくれたから……なんかすごく良いなって！」

「そっか。今まではコソコソ絵を描いていた、コソ花《ばな》さんだったからね」

直後、七瀬《ななせ》くんの頭にチョップをお見舞いした。

「いたぁ⁉　ちょっと立花《たちばな》さん、ひどくない⁉」

「いまのは七瀬くんが悪いでしょ。ていうか、アイデアとやらは浮かんだの？」

訊《たず》ねると、七瀬くんは一瞬キョトンとしたあと、何かを思い出したかのようにポンと手を叩《たた》いた。

「も、もちろんだよ。立花さんのおかげで無数のアイデアが湧いてきちゃって、頭の中は大混乱さ」

「それはむしろマイナスなんじゃ……」

七瀬くんって、ひょっとして変人っていうよりもバカなのかな。

「それより、ちゃんと私の正体はバレないんだよね？」

「だからそれは大丈夫だって。僕には秘策があるから」

ドンと自身の胸を叩く七瀬くん。……本当に大丈夫なのかなぁ。

「でも良かった。これで私はもう七瀬くんに協力しなくていいんだよね」

「なに言ってるの？　初めに色んなところにグラフィティを描いてって言ったでしょ？」

「……ちぇ、誤魔化《ごまか》されなかったか」

勢いでイケるかなって思ったのに。

「でもそれっていつまで続ければいいの？　さすがにいつまでも、とかは本気で怒るよ？」

「恐《こわ》いこと言うなぁ。僕だっていつまでも、なんて考えてないよ。期間は夏休みが終わるまで。頻度は一週間に一回くらいかな。それでいいよね？」

「……それくらいならいいけど」

私が渋々承諾すると、七瀬くんは「ありがとう！」って笑った。

脅している側がお礼を言わないで欲しいよ。それで脅されているくせにお礼を言われて、嬉《うれ》しいって思っちゃってる私もどうかしてるな。

「この子の名前を決めようぜー」

「いいね！　それ！」「ヒマワリみたいな笑顔だから、ヒマワリちゃんにしましょ！」

七瀬くんと話している間も、子供たちは私の絵でずっと盛り上がっていた。

あんなに喜んでくれるなんて、すごく描いた甲斐《かい》があったなぁ。本当に嬉しい。

そう考えたら、夏休みの間、七瀬くんとグラフィティを描くのもそんなに嫌なことでもないのかもしれない。

まだ不安はあるし、なるべくなら今回みたいに人数が少なかったり、子供だけだったりとかが良いけど——次も誰かの前で描けたらいいよね！

◇◇◇

「ライカとのデートにカンパーイ！」「か、かんぱーい」

ある日のお昼ごろ。私はよく行く喫茶店で、未来《みく》ちゃんと一緒にいた。

今日は二人で遊ぶ予定なんだけど、未来ちゃん的にはデートみたい。

夏休み中、彼女はずっと塾の夏期講習があって、今日がようやく初めての休みなんだって。私は夏期講習なんて行ってないからよくわかってなかったけど、塾って大変だぁ。

それから未来ちゃんと楽しく話していたら、途中こんなことを言ってきた。

「そういえば知ってる？『星華《せいか》のプランクスター』って学校以外にも出たらしいわよ？」

「へ、へぇ～。そ、そうなんだぁ」

ごめん、未来ちゃん。よく知ってます。だってそれ、私だから。

夏休みの間。公園でグラフィティを描いて以降、私は七瀬《ななせ》くんとの約束通り、彼と一緒に色んなところでグラフィティを描き続けた。

たとえば人気《ひとけ》のないビルの落書きコーナーとか、使われてない倉庫とかで。

もちろん全部、ちゃんとグラフィティを描いていい場所、もしくは持ち主にグラフィティを描く許可を取った場所だ。

ちなみに公園に描いたグラフィティのことだけど、あれはあのまま残っている。

子供たちが可愛《かわい》いからって残してくれているみたい。

おかげで、グラフィティ目当てに公園に行く子供も増えたのだとか。

あの時の子供たちには、七瀬くんが肉まんを奢《おご》って口止めしたから、彼らは私のことを言ってない……と思う。秘策が肉まんって……あまりにも愚策すぎる。

まあ仮に子供たちが誰かに言っていたとしても、名前を教えてないし、あの時は私も七瀬くんも私服姿だったから、冷静に考えたら正体がバレることはまずないと思うけど。

写真を撮られたりするのが一番マズかったんだけど、そもそも私がグラフィティをするタイミングで都合よくカメラを持ってることなんて、滅多《めった》にないよね。

だから公園以外でグラフィティを描いていた時も、たまに少しだけギャラリーが来ちゃった時もあったんだけど、公園の時と同じ理由で正体はバレていない。

その時も、七瀬くんの秘策はあったけど、確実に役立っていない。

ひょっとしたら、七瀬くんはグラフィティを描いているところを大勢に見られさえしなければ、私の正体がバレることは絶対にないってわかってたのかもしれないけど。

七瀬くんって、鋭いんだか鈍いんだかよくわからないからなぁ。わかんないや。

そんなこんなで色んな場所でグラフィティを描いた影響もあってか『星華のプランクスター』の名が、星華高校だけに留《とど》まらず、街でもそこそこ有名になってきてしまったんだ。

正体はバレてないとはいえ……これ、大丈夫なのかな。

でもどうせ夏休み限定だし、大丈夫だよね！　だよね!!

「どうしたのライカ？　ひょっとして調子悪い？」

「えっ、そ、そんなことないよ！　元気、元気だよ！」

私はマッスルポーズを取って、元気アピールする！

様子がおかしかったら、もしかしたら『星華《せいか》のプランクスター』のことがバレちゃうかもしれないからね。ここは気を付けておかないと。

「本当に大丈夫なの？　また頭が痛くなったりしてないわよね？」

未来《みく》ちゃんはまだ心配してくれる。こう言ってはあれだけど、ちょっと過剰なほどに。

「今日は平気だよ。それにせっかく大事な親友と一緒に過ごしているのに、体調悪くなんてなってられないよ」

「ライカ……」

未来ちゃんは瞳をうるっとさせると、なぜか私の隣へ――ぎゅっと抱きしめてきた。

「未来ちゃん、暑いよぉ」「暑くしてるのよ～」

未来ちゃんは弾んだ声で返すと、さらに強く抱きしめてきた。

嬉《うれ》しいけど、暑いというより苦しくなってきたよぉ。

「あら、ごめんなさい」

私の様子に気が付いたのか、未来ちゃんは慌てて私から離れた。

ふぅ、ちょっとヤバかったなぁ。

「さて、じゃあ今日は沢山遊びましょう！」

「うん、そうだね！　沢山遊ぼう！」

それから私たちは喫茶店で食事を済ませたあと、ショッピングに行ったり、カラオケに行ったりした。久しぶりの親友と過ごした時間は、もうめちゃくちゃ楽しかったよ！

◇◇◇

「さーて！　今日も楽しくグラフィティ！」

夏休み最後の週。というか最終日。

私は今日も今日とて、七瀬《ななせ》くんとグラフィティを描く予定だ。いや、それより……。

「大きな声でグラフィティとか言わないでよ！　私の正体がバレたらどうするの⁉」

「えー、まだ午前中でこの辺あんまり人いないし、大丈夫でしょ」

七瀬くんは大したことない感じで、軽く言葉を返してくる。

この変人め、またスプレー吹き付けたろうかな。

「でも今日でこうやって立花《たちばな》さんと一緒に過ごすのも終わりかぁ。寂しいなぁ」

「……まあそうだね」

七瀬《ななせ》くんとの約束通りなら、今日で七瀬くんに協力するのは終わりってことになる。

……そっか、今日で終わりなんだ。

「なに、そんな顔して。ひょっとして立花《たちばな》さんも寂しい？」

「そんなわけないでしょ。私は無理やり七瀬くんに協力させられてるんだから」

「そういえば、そうだったね～」

なぜか七瀬くんはクスっと笑った。くぅ～ムカつく～。

なんて思っていたら、ちょうど目の前の信号が点滅していた。

あっ、早く渡らないと。

そう思って走ろうとすると――。

「ま、待って！」

唐突に、七瀬くんが声を上げた。

「っ⁉　な、なに⁉」

「えっ……そ、その……」

驚いて振り返ると、七瀬くんはなぜかちょっと気まずそうな顔をして……。

「僕ってさ、急ぐのとか苦手なんだよね～」

「なんじゃそりゃ」

七瀬くんの自由な発言に、私は呆《あき》れてしまった。まあ彼ってこういう人だからなぁ。

そんな風に思っていると、すでに赤に変わっている信号のやや向こうに映画館が見えた。

こんなところに映画館なんてあるんだ。さっきまで気づかなかったなぁ。

「……？　映画館がどうかしたの？」

少し見ていただけなのに、七瀬くんが訊《たず》ねてきた。

あれ、そんなに私の様子がおかしかったかな？

「ううん、別になんでもない」

私は大したことじゃないって感じで、首を左右に振った。

だって本当になんでもないし。少なくともいまの私にとっては。

それから青信号に変わると、私は先に一人で歩き出した——けれど。

「映画でも観《み》よっか！」

不意に七瀬くんに腕を掴《つか》まれて、そう誘われた。

「っ⁉　ちょ、腕⁉　て、ていうか、別に私は観たくないんだけど」

「じゃあ僕が観たいから一緒に観ようよ！」

七瀬くんはいつもの太陽みたいな笑顔で、強引に誘ってくる。

本当に、七瀬くんってめちゃくちゃな人だなぁ。

「……七瀬くんがどうしてもって言うなら、まあいいけど」

「どうしても観たいんだ！　だから一緒に観よう！」

七瀬《なせ》くんはすぐに言葉にすると、私の腕を優しく引っ張るようにして映画館へ向かう。

そうやって彼に連れられる中、私は思った。

なんで彼は、私が本当は映画が観《み》たいって思ってることがわかったんだろう。

絶対に顔に出ないようにしてたのに。そんなに私の演技、下手だったかな。

それに公園でグラフィティを描いた時だって、本当は私が誰かの前で描きたいっていうのがわかってたかのように、子供たちがやってきたし。

わざわざあの時間に子供たちを呼んだわけじゃないだろうけど、七瀬くんは子供たちが来るかもしれないってわかってたのかな。加えて、他のグラフィティを描いている時も、二回に一回くらい、後からちょいちょい人が来ていたし。

ひょっとして七瀬くんは自分の夢のためじゃなくて、私のために……いやいや、さすがにこれは私の考えすぎ！

……でもまあ自分の夢のためのついでに、協力している私のことも少しは考えてくれてるのかも。普段、コソコソしてまでグラフィティを描いている時点で、逆に言えば私が人前で描きたいと思っているっていうのも、推測できないわけじゃないし。

うーん、七瀬くんって考えれば考えるほど、よくわからない人だなぁ。

でも、最近はそこが良いなって思わなくもないけどね！

◇◇◇

七瀬くんに連れられて、私は映画館に入った。最初は七瀬くんが私に観る映画を選ばせてくれようとしたけど、それを私は断って七瀬くんに選んでもらうことにした。

私のことを気遣ってくれたのかもしれないけど、映画を観たいって言い出したのは七瀬くんだからね。彼に選ぶ権利があるよ。

そうして七瀬くんチョイスで、最近流行《はや》ってる日本の恋愛映画を観ることになった。

席に着くと、割とすぐに上映が始まった。時間は二時間くらい。

正直、七瀬くんは映画を観ている間もうるさいのかなって思ってたけど、かなり静かに見ていた。なんなら物音すらも出してないんじゃないかな。ちょっと意外だ。

そういう私も一言も話さず、ずっと映画を観続けた。

内容は、王道の恋愛ストーリーで、私の好みですごく面白かった。

そして何より、スクリーンに映っている俳優たちの演技が、とても素敵だった。

自分じゃない自分を演じて、観ている人を魅了する。

素敵な嘘《うそ》で誰かの心を動かしてしまう。

そんな俳優のことが、私はすごく、すっごく大好きだ！

大好きすぎて、私も俳優になりたいって。みんなを魅了する演技をしたいって。

本気で志したこともあったんだ。

――結局は諦めてしまったけれど。

◇◇◇

「いや～この映画、かなり面白かったね！」

映画館を出るなり、七瀬《ななせ》くんが弾んだ声で感想を言っていた。

どうやら七瀬くんも王道の恋愛ストーリーは好きみたい。

「……うん、そうだね」

でも、ウキウキの彼に私はただそう返すしかできなかった。

本当は私もちゃんと感想を話したりするべきなんだけど、正直そういう気分じゃなかった。……こんなこと思ったら七瀬くんにすごく失礼だけど、やっぱり映画を観《み》るべきじゃゃなかったのかもしれない。

「なんか今日は元気ないね？」

少し後悔していたら、七瀬くんが訊《たず》ねてきた。

「……そうかな？」

「そうでしょ。今日っていうか、映画館を見つけてからかな。どうしたの？」

七瀬くんの問いに、私はどう答えようか迷う。

もし目の前の相手が私にとって何でもない相手なら、適当に答えて誤魔化《ごまか》していると思う。でも、いま傍《そば》にいるのが七瀬くんだから、迷っているんだ。

だって私は、彼の生き方に惹《ひ》かれているから。

「調子が悪いなら、今日のグラフィティは中止にしよっか」

いつまでも言葉を返さずいたら、七瀬くんがそう口にした。

「えっ、でも今日って夏休み最後の日だよ？」

「まあ最後の一回くらいはおまけしてあげる。もちろん約束通り、夏休みが明けたら僕には協力しなくても大丈夫だし『星華《せいか》のプランクスター』のこともバラしたりしないよ」

七瀬くんは笑って答えてくれた。

けれど、心なしかその笑みは少し寂しそうで……。

勘違いかもしれないけど、七瀬くんはまだ私がグラフィティを描いているところを見たいと思ってくれているのかもしれない。

正直、私もまだ七瀬くんにグラフィティを描いているところを見て欲しい。

彼が見てくれていると、不思議と一人で描いている時よりもすごく楽しいから。

きっと彼の前でグラフィティを描くのが、私はすごく好きなんだ。

よし、決めた。七瀬くんになら話そう。

私とは正反対で、自分の好きに堂々と生きている彼にならら、きっと話しても大丈夫！

「七瀬《ななせ》くん。少し長い話をしてもいいかな？」

訊《たず》ねたあと、七瀬くんはちょっと驚いたような顔を見せた。

でもすぐに空気を察して、真剣な表情で一回だけ頷《うなず》いてくれた。

それから、私はゆっくりと話し始めたんだ。

「実はね、私には夢があったんだ」

子供の頃、私には夢があった。プロの女優になりたいっていう夢。

きっかけはたまたまテレビで流れていた邦画を見て、その時に映っていた女優の素敵な演技に魅了されたから、っていうありがちなもの。

それでも私は本気で女優になりたくて、両親に協力をしてもらって子役のスクールに通って、もちろん事務所やドラマとかの役のオーディションを受けたりもした。

……でも全部ダメだった。

何度受けてもオーディションは落ちて、落ちて、落ち続けて……。

「だから諦めたの？」

話の途中、七瀬くんは訊ねてきた。……そう。彼も気づいている通り、私は夢を諦めた。

そうじゃないと、いまこうやって呑気《のんき》にグラフィティを描いたりしていないよね。

でも、諦めた理由はオーディションに落ち続けたから、だけじゃないんだ。

「私ね、生まれつき文字が歪《ゆが》んで見えちゃう病気なの」

明かした直後、七瀬くんはどう反応したらいいのかわからなくて困惑していた。

そうだよね。いきなりこんな病気のこと話されても困っちゃうよね。

それから、私は丁寧に病気のことを説明した。

人によって症状は様々だけど、私の場合は漢字だろうがカタカナだろうが日本語が全て歪んで見えてしまって、簡単に読むことができない。

さて、まともに文字が読めないとどうなるかっていうと、台本が覚えられないよね。

だから、まともに演技の練習をすることもできない。

何回か両親に頼んで、両親が読んだ台本を全部覚えるっていうことをやろうとしたけど、私は記憶力が特別に良いってわけじゃないから、上手《うま》くいかなかった。

そして——中学校に入学したと同時に、私は夢を諦めた。

両親は夢を追ってもいいって言ってくれたけど、それ以上意地になって夢を追っても、二人に迷惑がかかっちゃうし。

それに演技の練習をしているうちに思ったんだ。

これは、もうどうしようもないなって。頑張るだけでいいなら、いくらでも頑張るんだけど、文字がまともに読めないのは……もうどうしようもないよ。

「……そっか」

話し終えたあと、七瀬《ななせ》くんはそれしか言葉を口にしなかった。きっとびっくりしているんだと思う。私だって逆の立場だったら、何を言ったらいいか困っちゃうし。

「じゃあ現代文の授業の時のあれも、その病気が原因だったんだね」

「うん。教科書の文字なんて読めないし、現代文なら尚更《なおさら》ね」

だから現代文だけじゃなくて、他の科目の先生にも前もって病気のことは伝えているんだけど……夏休み前のあれは、現代文の先生が完全にうっかりしていたんだろう。

ちなみに数字とか英語とかは普通に読めるから、理数系の科目と英語の試験の成績は良い。逆に文系は気合で解かなくちゃいけないから、ダメダメだ。

長文の日本語でも一応、ものすごく時間をかけたらギリ読めなくもないから、何問かだけ解いてはいるけど。あと記号問題を勘で当ててる。

「……なんか余計なことを訊《き》いてごめん」

七瀬くんがしゅんとして謝ってきた。彼のこんな顔、初めて見たかもしれない。

「そんなに気にしなくていいんだよ！　いまは絵が好きで、こうやってグラフィティを描けたりしてるからね！」

七瀬くんが暗いところとか見たくないから、私は明るい口調で言ってやった。

彼に元気がないなんて、なんかムズムズってなるからね。

「そ、そっか。なら良かったね」

「まあね。でも、どうして自分が絵が好きなのかわかんないんだけど……」

言った瞬間、しまったと思った。何も考えずにいらないことを言っちゃったなぁ。

そうやって後悔していると、

「わかんないって……」

七瀬くんは困惑した表情をしていた。そうだよね。気になっちゃうよね。でも彼はさっきのことがあるからか、踏み込んで訊いてこようとはしなかった。

それなら私もこれ以上、何も話さなくていいかなって思ったんだけど……。

やっぱり七瀬くんには、知っておいて欲しいと思った。

それだけいまの私にとって、七瀬くんって存在は大きいのかもしれない。

元々色んな意味で気になっていたとはいえ、ただ夏休みを一緒に過ごしただけなんだけどね。……不思議だよね。

それから私はなるべく空気が悪くならないように、いつも彼と話すような軽い感じで、明かした。病気とは別の、私のもう一つの秘密を。

「私ね、記憶喪失なんだ」

第三章　ポーズ

中学三年生の卒業式の日。私は事故に遭った……らしい。

というのも、その事故が原因で記憶喪失になってしまったから、私は事故のことを全く覚えていないんだ。目が覚めたら病院にいて、記憶もなくなっていた。

けれど、記憶喪失っていっても今までのことが全部消えたわけじゃない。

むしろ、私が失ったのは一部の記憶だけ。

だいたい中学二年生から中学三年生の事故に遭うまでの期間の記憶だ。

なんでそんな部分的に記憶がなくなったのかは、お医者さんもよくわかっていないみたい。もちろんお医者さんにわからないことは、私にもわからない。

けれど、不思議と勉強のことは忘れていなかったから、記憶喪失が原因で学力に支障が出たりはしなかった。

入院中、お見舞いに誰も来てくれなくて、ひょっとして私って友達が一人もいないかもって不安になった。

だって小学校の時は事務所や子役のオーディションを受けまくっていたから、友達が全然できなくて、そのせいで友達の作り方が一切わからなかった私は、中学一年生になっても友達が一人もできなかったからね。

その流れで残りの中学生活も友達ができなかったんじゃ……と思ってはいたんだけど、途中から割と沢山の友達がお見舞いに来てくれたんだ。

正直、びっくりした。どうやら中二、中三の私は友達作りに大成功したらしい。

……でも、そんな沢山の友達のことも、私は全部忘れちゃってて、結局はみんなお見舞いに来なくなっちゃったんだけど。

当然だよね。自分のことを全く覚えていない人と一緒にいても気まずいだけだもん。

そうして私は友達ゼロにリセットされて、星華《せいか》高校に入学したのでした。

ちなみに高校に入ってから奇跡的にできた親友――未来《みく》ちゃんには病気のことも、記憶喪失のことも話している。入学してからずっと私の傍《そば》にいてくれて、未来ちゃんにならはしてもいいかなって思えたから。

全てを知った未来ちゃんはすごく心配してくれて、私から離れずにもいてくれた。

だから、今でもずっと親友でいられているんだ。

――とまあ私が記憶喪失になってから、現在に至るまではこんな感じ。

両親に自転車に乗ることを禁止されているのは、事故が原因。

もう一つ補足すると、事故に遭って以来、たまに頭痛が起きるんだけど、お医者さん曰《いわ》く、記憶喪失の影響かもしれないって。

最初は痛いの嫌だなって思ってたけど、いまはもう慣れちゃった。

夏休み最後の日。七瀬《ななせ》くんにも記憶喪失のことを事故の件も含めて明かしたんだけど、やっぱり空気が暗くなっちゃったんだよね。その後、夏休み最後のグラフィティを七瀬くんの前で描いたけど、ずっと彼は元気がなさそうだった。

正直、いまはもう記憶喪失のことはほとんど気にしてないからこそ、可能な限り軽めのトーンで話したつもりだったのに、彼は重く受け止めちゃったみたい。

うーん、やっぱり話すべきじゃなかったのかなぁ。

七瀬くんには、話した方がいいなって思ったのに。これがきっかけで、もし七瀬くんと話せなくなったらどうしよう。……それは嫌だな。

◇◇◇

「立花《たちばな》さん。星華祭《せいかさい》でグラフィティを描いてみようよ！」

夏休み明けの初日。いきなり七瀬くんにそんなことを言われた。

星華祭とは、星華高校で行われる文化祭のことだ。

放課後に、急に空き教室に呼び出してきたと思ったら、何を言ってるんだこの人。

それにこっちはもし七瀬くんと話せなくなったら、って心配してたっていうのに。

「あっ、描いたものを展示するとかじゃなくて、完成途中のものをライブで完成させる感じで！　ゼロから描くと時間が足りなくなっちゃうし！　どう？　楽しそうでしょ！」

……本当に何を言ってるんだ、この人。

「七瀬くんはバカなんだね」「いきなり悪口!?」

予想外だったのか、七瀬くんはびっくりした表情を浮かべる。

「僕、そんなに怒らせるようなこと言ったかな」

「言ってるよ。そもそも私たちの協力関係って夏休みまでだし。星華祭でグラフィティなんてやったら、絵柄で私が『星華のプランクスター』だってバレちゃって、そうなったら退学になる可能性だってあるんだよ！」

私が強く主張したけど、七瀬くんは至って冷静な顔をしていた。

「それはきっと大丈夫だと思うよ。この間、昔から星華高校にいる校長先生に『星華のプランクスター』って、正体がバレたらどうなる？　って訊《き》いてみたけど――」

「ちょっと待って!?　なに勝手に訊いてるの？　っていうか七瀬くんって、先生たちとは関係良くないんじゃないの？」

「ほとんどの先生からは嫌われてるけど、なぜか校長先生からは気に入られてるんだ。校長先生の若い頃と、いまの僕が似てるんだって」

「なんだそれ……」

初耳だし、校長先生って校門の前で生徒みんなに挨拶してくれたり、たまに廊下を一人でのんびり歩いている、めっちゃ温厚なお爺《じい》ちゃん先生だよね。

七瀬《ななせ》くんと似てるって、昔の校長先生ってどんな人だったんだ。

「でね、過去に星華《せいか》高校では不祥事がちょくちょくあったみたいだけど、校長先生の経験則からして『星華のプランクスター』は最悪でも数日の停学くらいで、ちゃんと反省したら怒られるくらいで済むんじゃないかって」

「それでも停学になっちゃうじゃん⁉」

「立花《たちばな》さんが停学になったら、僕も一緒に停学になるよ」

私が訴えると、七瀬くんはすぐに言葉を返した。

あまりにも早すぎて、こっちが戸惑っていると――。

「それにもし立花さんが退学になったら、僕も高校を辞める。これでどうかな？」

さらに七瀬くんは真剣な表情で、はっきり言ってきた。

きっとこれは嘘《うそ》でも冗談でもない。だからこそ、私は余計に疑問に思った。

「どうして、そこまでして私に星華祭でグラフィティを描かせたいの？」

自分が退学するリスクを背負ってまで、私に星華祭でグラフィティを描かせたい理由が全くわからなかった。私の問いに、七瀬くんは少し考える仕草を見せる。

「夏休みの時と一緒だよ。アイデアのため」

「……本当なの？」

「うん、そうだよ。だからお願い！　僕と立花さんの仲じゃん！」

「私と七瀬くんって、まだまともに喋《しゃべ》って一ヵ月くらいの仲なんだけどなぁ」

七瀬くんはぺこりと頭を下げてきたけど、私は大きくため息をついた。

彼のアクセサリーショップを開きたいっていう夢は応援しているけど、何度も協力を求められても正直困る。

しかも星華祭でグラフィティを、ライブで描くなんて……どれだけ多くの人に見られることか。夏休み中、私がグラフィティを描いているところを見物していた人数なんて比にならないよ。……あと停学の件とか、全く解決してないし。

「星華祭で沢山の人たちが立花さんの絵を観《み》て、すごい！　って思うんだよ。それって最高に楽しそうだと思わない？」

「楽しそうじゃないよ。だって私の絵を否定する人だって絶対に出てくるもん」

それが嫌で、でもどうしても絵は描きたくて、私の絵で誰かを喜ばせたくて……だから、今まで私はコソコソ、グラフィティを描いてきたんだ。

「そんなことないと思うけどな。夏休み中に立花さんのグラフィティを観ていた人たちは、悪いことなんて言ってなかったでしょ？」

「……そうだったけど」

でも夏休みの時は観《み》ていた人数が少なかったからで、もっと多くの人たちに観られたら、当然ながら私の絵を否定する人が出てくる確率は高くなる。

うーん、いくら考えても星華祭《せいかさい》でグラフィティなんて描きたくない。

「そんなに、自分の絵が否定されるのが嫌なの？」

全く乗り気にならない私を見て、七瀬《ななせ》くんが訊《たず》ねてきた。

でも、それは私に無理やり星華祭でグラフィティを描かせたいって感じじゃなくて、純粋に疑問に思っているような訊《き》き方だった。

「それは誰だって嫌でしょ。自分の何かを悪く言われるのは」

「そうかな？　僕は別に気にしないけどな」

七瀬くんがあまりにも簡単に言ってきたので、ちょっとカチンときた。

「七瀬くんはそうかもしれないけど、私は違うんだよ」

「違わないよ」

私は強く言っちゃったけど、七瀬くんがすぐにそう返してきた。

即答すぎて、私はちょっと動揺してしまう。

「それって、どういう――」

「さて、ここで僕が金言を授けてあげよう！」

言葉の途中、七瀬くんはいきなり笑顔で言ってきた。

さっきの七瀬君の言葉が気になるけど、金言も気になるなぁ。

「本当に金言なの？」

「本当だって！　まあ聞いてよ！」

七瀬くんは自信ありげな顔を見せたあと、話し始めた。

「誰かのことを悪く言うやつなんてさ、自分の人生を一生懸命に生きてないやつなんだよ。だって、必死に生きてたら人生にそんなことをしてる暇なんてないんだから」

「……まあ確かに」

七瀬くんにしては、かなり正論を言ってる。彼って、こんなまともなことを言えるんだなぁ……なんて思っていたら——。

「だから、自分の人生を一生懸命に生きてる——大好きなことを頑張っている立花《たちばな》さんがそんな暇してるやつらの言葉を気にする必要なんて全くないんだよ」

七瀬くんはそう言葉にして、また笑った。

初めてかもしれない。ちゃんと誰かに頑張ってるよって言われたのなんて。

私の大好きなことを、こんなにも肯定してくれるなんて。

女優を目指していた時、両親は応援してくれていたし、もちろんすごく感謝してるけど、きっと二人とも心のどこかでは、まともに文字が読めない私が女優になるのは無理だと感じていたと思うし。

記憶がなくなっている部分もあるから、本当に初めてかどうかわからないけど。

少なくとも今の私の記憶では、真正面から頑張ってるって言われたのは初めてだよ。

そんなことを考えていたら、少しずつ鼓動が速くなってきた。

「もし立花《たちばな》さんの絵を悪く言うやつらがいたら、こいつらは人生を一生懸命生きてないんだなって思っておけばいい。前にも一回言ったけど、立花さんは立花さんの絵を素敵だって思ってくれる人だけを大事にしたらいいんだ」

鼓動の速さが変わらないまま、七瀬《ななせ》くんは言葉を紡ぐ。

そして、最後に彼は——。


「だって、一生懸命描いた立花さんの絵は最高に決まってるんだからね！」


誰かに喜んでもらいたい！　と思いながら絵を描いている私にとって、あまりにも嬉《うれ》しすぎることを言ってくれた。

直後、さらに鼓動が速くなっていって——もう、心臓がうるさくて困るよ。

「どう？　響いたでしょ？」

そんな中、七瀬くんが自信ありげに訊《き》いてきた。

「ううん、全く。これっぽっちも響かなかった」

「あれれ!?」

七瀬くんは驚いたあと、ガーンと落ち込む。さすがに言いすぎたかな。

だけど、まだ私の話は終わってないんだよね。

「でもね、星華祭《せいかさい》でグラフィティを描いてもいいかな、とは思ったよ」

私が伝えると、七瀬くんはキョトンとしたあと――笑った。

「やっぱり響いてるじゃん」「ううん、これっぽっちも響いてないもん」

私の言葉に、七瀬くんが今度はクスっと笑った。

私もなんだかおかしくなっちゃって、同じように笑っちゃう。

不思議だな。だから、七瀬くんと一緒にいると、前より自分のことがどんどん好きになっていく気がする。だから、なんでもできちゃうような気もしちゃうよね。

そう思っている最中も、鼓動はずっと高鳴っていた。

やっぱり、私って七瀬くんのことが――ううん、いまは余計なことは考えなくていい。

だって彼と一緒に過ごせるだけで、ものすごく楽しいんだから。

「ねえ七瀬くん。一個、訊いてもいい？」

「ん？　なにかな？」

「星華祭《せいかさい》で私に絵を描かせたい理由って、本当はなんなの？」

さっきはアイデアのため、って言ってたけど、きっと嘘《うそ》だと思う。夏休みを一緒に過ごして感じたけど、七瀬《ななせ》くんは紛《まぎ》れもなく変人だけど自分勝手な人じゃない。

だから自分のためだけに、星華祭で私に絵を描かせようとはしてないんじゃないかな。

しかも、退学は……まあ七瀬くんの話を聞く限りなさそうだけど、それでも私が停学になっちゃうかもしれないっていうのに、身勝手な理由で七瀬くんが誰かに頼みごとをするとは、なおさら思えない。

夏休みの時だって、結局私にもメリットはあったわけだしね。

そんなことを考えていたら、七瀬くんは困ったような笑みを見せて、

「秘密っていうのは、どう？」

「……わかった」

私が素直に頷《うなず》くと、それに七瀬くんはびっくりしていた。

「誰にでも言えないことの千個や一万個くらいあるからね。全然いいよ」

「さすがにそこまではないけど……」

七瀬くんは苦笑いしているけど、ちょっと申し訳なさそうにもしていた。

彼が言った秘密とやらは気にならないと言ったら嘘になるけど、無理に教えてもらわなくてもいい。そんなことしなくても、彼の言葉で星華祭で絵を描くって決めたんだから。

星華祭で絵を描いたら『星華のプランクスター』だってバレちゃうだろうけど、別にいい。停学になったら、その時はその時だよ！

どうせ推薦とか狙ってないから、受験には全く影響出ないし。

それに夏休みに少しだけど誰かの前でグラフィティを描いて、直接、嬉《うれ》しい言葉をもらえる喜びを知ったから。よし！　星華祭、頑張ろう！

私の絵を観《み》て、より多くの人に素敵だって思ってもらえるように。

七瀬くんに喜んでもらえるように。

そして最後に――私がもっと自分自身のことを好きになれるように、ね！

◇◇◇

星華祭でグラフィティを描くと決めてから、二週間が経《た》った。

だいたい星華祭の二週間前でもある。

七瀬くんが既に文化祭実行委員に、有志で私がグラフィティをする許可を取ってくれたので、正式に星華祭で私のグラフィティを披露することが決定した。

いや正確には、グラフィティはいま学校で問題になってるから止《や》めた方がいいって話になったけど、たまたまのんびり一人で歩いていた校長先生が助けてくれたのだとか。

きっと七瀬《ななせ》くんと校長先生の仲が良いからだろう。ありがとう、校長先生！

あとグラフィティと訊《き》いて、文化祭実行委員の中で私が『星華《せいか》のプランクスター』なのでは？　って疑惑が出たらしいけど、それは上手《うま》く七瀬くんが誤魔化《ごまか》してくれたみたい。

そもそも美術部でも、スプレーアートをやってる人が割といるらしいからね。

そんなある日。私は放課後に、空き教室を使って星華祭で描くグラフィティを何にするか考えていた。

ちなみにクラスの出し物は演劇らしいけど、もちろんセリフを覚えられない私は裏方だから大して練習に参加しなくてもいい。出し物について話し合った時、演劇に決まりかけていたら、私のために未来《みく》ちゃんと七瀬くんが反対しようとしてくれた。

けれど病気のことが周りにバレないようにしながら、二人は私が止めた。

特に未来ちゃんなんか全力で反対してたから、止めるの大変だったよ。

さすがに私のためだけに、みんながやりたいことを止めるわけにはいかないからね。

「うーん、どれにしようかなぁ」

イラストノートをぺらぺらめくりながら悩む。

どのイラストも可愛《かわい》いんだけど、だからこそ迷っちゃうよねぇ。

ちなみにイラストノートは沢山あって、記憶を失う前に描いたものと記憶を失ったあとに描いたものがある。

いま手に持っているのは、記憶を失ったあとに描いたものだ。

証拠に、イラストの一つ一つに名前と描いた年と日付をメモしている。

そうしたら、もしまた記憶をなくしちゃっても、いつの私が描いたのかわかるから。

じゃないと、記憶がない期間に描いた絵って、本当に私が描いたのかなって不安になる。

……まあ、また記憶がなくなるなんてことはないと思うけど。

「…………」

これは七瀬くんにも少し話したことだけど、私はどうして自分が絵を描くのが好きなのかわからない。何かしらのきっかけがあったはずなんだけど……覚えていない。

間違いなく、記憶喪失の影響だと思う。記憶を失った期間に、私が絵を好きになる出来事があったんだ。……全く思い出せないけど。

ちなみに七瀬くんは一度、記憶喪失のことを話して以来、その件に関しては一切触れてこないでいてくれる。私としては本当にありがたいよ。

「なんかテンション低そうな顔してるね～」

するとタイミングが良いのか悪いのか、七瀬くんが空き教室に入ってきた。

「テンション低そう？　じゃあ七瀬くんの顔を見たからかもね」

「もしかして僕って、立花《たちばな》さんに嫌われてる？」

七瀬くんが自分の顔を指さしながら、訊いてきた。

そんなわけない、なんて素直に言ってやらないよ〜。

「あのね、なかなか星華祭《せいかさい》に出す絵が決まらないんだよね〜」

「質問には無視なんだ!? ……でも、絵が決まらないのは困ったね」

そう言って、七瀬《ななせ》くんも一緒に考えてくれようとする。

やっぱり彼は、普段めちゃくちゃだけど、根は優しい人なんだよね。

「僕は立花《たちばな》さんの絵は、全部可愛《かわい》いとは思うけど」

「っ! そ、そういうことは、いちいち言わなくていいから!」

急に褒められて、少し顔が熱くなる。まったく、不意打ちはずるいよ。

なんて思っていたら、七瀬くんは閃《ひらめ》いたとばかりにパチンと指を鳴らした。

「あのさ、立花さんが描いて一番楽しい絵を描いたらいいんじゃないかな?」

「私が描いていて、一番楽しい……?」

七瀬くんは、うんうんと頷《うなず》いた。

「だって立花さんがより楽しく描いていたら、きっとお客さんもより楽しめると思うんだ。そうしたら立花さんもお客さんもすごく幸せになれる。最高だと思わない?」

七瀬くんの言葉を聞いて、私は想像してみる。

私が楽しく描いて、それを見てお客さんも笑ってくれたり喜んでくれたりする。

一番楽しめる絵を選んだとして、果たして大勢の前で私が楽しく描けるかはわからないけど……すごく面白そう！　って感じた。

「その案に乗った！　私が一番描いて楽しい絵を選んでみるよ！」

私が答えると、七瀬くんは嬉《うれ》しそうに笑ってくれた。

「良かった！　立花さんの役に立てて！」

「うんうん、今まで全然役に立ってなかったもんね」

「ちょっと！　それ、酷《ひど》くない!?」

七瀬くんがびっくりした顔をして、私は少し笑っちゃった。

最近、七瀬くんをいじるのが楽しくなってきちゃったな。

それから七瀬くんはアルバイトがあるらしくて、先に帰っちゃった。

一緒にいて欲しかったなぁ、とか全然思ってないけどね！

「私が描いて一番楽しい……か」

七瀬くんに言われた言葉をもう一度口にして、私は再びノートを眺める。

一ページずつ丁寧にめくっていって――。

「っ！」

最後のページに描かれている一つの絵が、目に留まった。

それは私が好きな可愛い系のキャラクターのイラストなんだけど、ちょっと特殊なポーズを取っていた。でも、何かで有名なポーズとかではないと思う。

じゃあどうして、私がこんな特殊なポーズをしているキャラクターの絵を描いているのか……それもわからなかった。

このポーズのことは何故《なぜ》か知っている。でも、どうして知っているのかわからないんだ。

……これも記憶を失っているせいなのかな。

けれど、私はイラストノートの最後のページは、必ずこのポーズを取っているキャラクターを描くって決めている。

だってよくわからないポーズだけど、とっても可愛《かわい》くて、不思議とすごく惹《ひ》かれて――描いていて楽しいから！

「……あった！　私が描いていて一番楽しい絵！」

これだ！　と思った。私が星華祭《せいかさい》で描くべきなのは、イラストノートの最後のページに描かれている絵だ。だって、この絵をみんなで描くって想像したら、もちろん不安もあるけど……すっごくワクワクしたから！

よし！　星華祭は君でみんなを喜ばせよう！

不思議ポーズを取っているキャラクターのことを見つめながら、私はそう決めたんだ。

あとね――七瀬《ななせ》くんも喜んでくれるといいな！

第四章　星華祭

十月初旬。ついに星華祭を迎えた。

校内は星華高校の生徒、その家族や友達と思われる人たちで溢《あふ》れかえっていた。

星華祭って、毎年なんでこんなに人が多いんだろう。

正直、人混みって苦手だから半分酔っちゃってるよ……。

ちなみに今日もいつものパーカーを着ているけど、そのせいで暑くて酔ってるとかじゃ断じてないからね。私のパーカー適性を舐《な》めないで欲しい。

「見てライカ！　二年生のダンスってすごいのね！」

中庭にて。隣にいる未来《みく》ちゃんがちょっとはしゃいでいた。

未来ちゃんってツンとした雰囲気なのに、意外とお祭りごとが好きなんだよね。

「ちょっとライカ。聞いてる？」「聞いてるよ。すごい、すごーい」

人混みにあてられたせいで適当に返しちゃうと、未来ちゃんがほっぺを何度も指でツンツンしてきた。

「そんなにツンツンしたら、ほっぺの形、変わっちゃうよ」

「ライカのテンションが低すぎるからでしょ。あたしだけバカみたいじゃない」

ぷんすか怒る未来《みく》ちゃん。……なんか可愛《かわい》い。

「未来ちゃんが言った通り、みんな動き揃《そろ》っててすごいね！」「おぉ、すっごーい！」

隣で、詩織《しおり》ちゃんと凛《りん》ちゃんがそんな話をしていた。

今年の星華祭《せいかさい》は、この四人で回っている。クラスの演劇と私のグラフィティの発表までは、まだ時間があるからね。去年はというと、私は未来ちゃんと二人で回った。もちろんその時も、未来ちゃんはテンションがすごく高かったよ。

「そういえば知ってる？　文化祭に『星華のプランクスター』が出るかもしれないって、話題になってるらしいわよ」

「そうなの？」「ウチも知らなーい」

未来ちゃんの言葉に、詩織ちゃんと凛ちゃんがキョトンとする。

そうしたら未来ちゃんが、星華祭のパンフレットを開いてみせた。

「ほらここ。誰かがグラフィティをやるらしいのよ。なぜか誰かは隠してあるんだけど」

確かにパンフレットには、午後の時間にグラフィティをやることが書かれていた。

もちろん私のことなんだけど、七瀬《ななせ》くんの頼みで文化祭実行委員が私の名前を伏せてくれたらしい。なんでそんな頼みを聞いてくれたかっていうと、委員長の男子生徒が七瀬くんと大の仲良しだから。というか七瀬くんは、同学年の男子生徒なら誰とでもすごく仲が良いと思うけどね。それくらい同性から人気あるし。

おかげで未来ちゃんたちには、私が『星華のプランクスター』ってことも、星華祭でグラフィティを描くってことも、まだバレていない。

それから引き続き、みんなでダンスを眺めていたら、

「ライカちゃん、ひょっとして気分悪い？　大丈夫？」

詩織ちゃんが心配をしてくれた。さっきの私の様子を見て、気遣ってくれたんだろう。

「大丈夫！　もうだいぶ慣れてきたから！」

私がはっきりと答えると、詩織ちゃんは少し驚いたような顔をしていた。

以前までの私なら、もう少し言葉に詰まっていたからだろう。

実は、七瀬くんと一緒にいた時間が長かったおかげか、夏休みが明けてから詩織ちゃんや凛ちゃんと割とスムーズに話せるようになったんだ。

自分でもびっくりしているけど、嘘《うそ》とかじゃなくて本当なんだよ。

なんていうか……前よりも自分に自信が持てるようになったんだ。

七瀬くんと一緒にいたら自分のことがどんどん好きになっていく感覚があったけど、ひょっとしたら、そのおかげなのかもしれない。

「ウチがスペシャルマッサージをしてあげようか！」

「凛ちゃん、本当？　じゃあお願いしようかな！」

詩織ちゃんと同じように心配してくれた凛ちゃんが、私の肩にポンと手を置く。

次いで、彼女はグッと力を入れると——私のほっぺに両手を移動させた。

「えいえいえい〜」「ひょっと、ほっへふにょふにょしひゃいで〜」

凛《りん》ちゃんがほっぺを揉《も》みまくるせいで、まともに喋《しゃべ》れなくなっちゃった。そんな私を見て、未来《みく》ちゃんと詩織《しおり》ちゃんはクスっと笑う。笑ってないで助けてよぉ〜。

◇◇◇

『ああ、ロミオ様！　ロミオ様！　どうしてあなたはロミオ様でいらっしゃいますの？』

ちょうどお昼になったくらい。体育館では、私たちのクラスの演劇が披露されていた。

このセリフを聞いてわかる通り、私たちの演目は『ロミオとジュリエット』だ。

舞台には、主役の一人であるジュリエット役の女子生徒が堂々と演技をしていた。

「……楽しそうだな」

彼女にスポットライトを当てながら、思わず呟《つぶや》いてしまう。

もし私が病気じゃなかったら、あの場に立てたのかな。

大勢の前で、演技をすることができたのかな。……まあ大勢の前で、ちゃんと演技できるかはわからないけど。それでも——ううん、無駄なことを考えるのはやめよう。

私は、もうどうしたって女優になることはできないんだから。

努力とかではどうすることもできない、そういう運命なんだから。

「今日はお祭りだっていうのに、暗い顔してるね～」

一人で色々考えていたら、不意にめっちゃ聞き覚えのある声が聞こえてきた。

振り返ると――やっぱり七瀬《ななせ》くんだ。

「七瀬くん、どうしてここにいるのさ。自分の出番は？」

「僕はセリフ一言だけのちょい役だからね。一瞬で出番を終えたよ。見てなかったの？」

「……そういえばそうだった」

みんなの演技を見ていたら色々思うことがあって、七瀬くんの出番を気にしてなかったよ。それにまさか七瀬くんが、ちょい役をやるなんて思わないし。

実際、クラスの男子たちも驚いていた。逆に女子たちは大歓迎みたいだったけど。

「なんで、ちょい役なんてやったの？　てっきりロミオをやると思ってたよ」

「別に、演技とかそんなに興味ないし……それに時間が余った方がこうして立花《たちばな》さんと話せるかなって」

刹那、心臓がドクン！　って跳ねた。い、いきなり何を言い出すんだ、この変人は！

いや、待て待て。あの七瀬くんのことだし、きっと大した意味じゃないに違いない。

うんうん！　そうに決まってる！

「ねえ、立花さん」

「な、なに？」

私はなんとか平静を装いつつ、反応する。

「この後さ、グラフィティの発表まで時間があると思うんだけど」

「う、うん。そうだね」

私が頷《うなず》きながらそう返したら、七瀬《ななせ》くんはちょっと緊張した様子になる。

暗くてちゃんとわかんないけど、少し頬《ほお》が赤くなっているような気もして——。

そんな七瀬くんは、最後に私を真っすぐ見て、言葉にしたんだ。

「僕とデートしてくれない？」

◇◇◇

「立花《たちばな》さん、つぶつぶアイス買ってきたよ！」

外の屋台ゾーンにて。七瀬くんと二人でお昼ご飯を食べたあと、そのまま同じ席に座っている私に、彼が駆け寄ってきた。両手には彼が言葉にした通りアイスのカップがある。

中身は小さな粒のアイスが大量に入っている。しかもカラフルでめっちゃお洒落《しゃれ》なアイスだ。つぶつぶアイスって、星華祭《せいかさい》の名物なんだよね～。

ってそうじゃない！　七瀬くんにデートしようって言われて、思わず頷いちゃって、こんな風になってるけど……え、デートってどういうこと？

もしかして七瀬くんって私のこと——いやいや！　彼のことだから一緒に星華祭を回るだけのことをデートって呼んでいる可能性もある。

むしろ、そっちの方が納得するんだよなぁ。

ちなみに未来《みく》ちゃんたちにはすごく申し訳ないけど、ちょっと両親と合流しなくちゃいけなくて～と理由をつけて、こうして七瀬くんと一緒にいる。

両親は星華祭に来ていて演劇を見ていたけど、会う予定なんて全くない。

いまの状況、もし未来ちゃんたちとどこかで鉢合わせしたら、めっちゃ気まずいけど……そうならないように祈るしかない！

それよりも！　これは本当にそういう意味のデートなの⁉

「立花さん、アイス美味《おい》しいね！」

こっちは混乱しまくりだっていうのに、七瀬くんはなんてことない感じでアイスを食べている。……やっぱりさっきのデートって言葉に、大した意味はないっぽいな。

「なんか腹立つ！」

「えぇ⁉　もしかしてアイス美味しくなかった⁉」

七瀬くんは驚いているけど、それもまたムカついた。そのせいでちょっと変なテンションになっているのか、私は絶対に普段しないような行動に出てしまう。

「はい、あーん」

スプーンでアイスをすくって、七瀬《ななせ》くんの前に差し出した。

デートとか言った罰だ。これでちょっとは動揺しちゃえ。

……なんて、どうせこの程度じゃ七瀬くんは何も思わないんだろうけど。

「い、いきなり……その、どうしたの？」

そう思っていたのに、意外にも七瀬くんは顔を赤くしていた。

えっ、これはひょっとして——チャンス！

「七瀬くんに私のアイスを食べさせてあげようと思って。だから、あーん」

私はさらにスプーンを七瀬くんに近づける。いまの私の顔はきっとすごくニヤニヤしちゃってると思う。

「二人とも同じ味じゃん。だから、僕は別に……」

「ふーん。つまり、七瀬くんってこんなことで恥ずかしがっちゃうんだ～」

「っ！　は、恥ずかしくなんてないし！　……いいだろう。そのあーんという攻撃を受けようじゃないか！」

七瀬くんは顔を赤くしたまま、漫画の敵キャラみたいなことを言い出した。

あーん、は攻撃ではないんだけどな。

心の中でツッコミつつも、私はゆっくりとスプーンを移動させて――彼の口へ入れた。

もぐもぐ、とアイスを食べる七瀬《ななせ》くん。

冷たいものを食べているのに、顔の火照りは全然収まっていない。

「うん！　僕のアイスと同じ味だ！」

「そこは美味《おい》しいじゃないんだ⁉」

確かに同じ味だけども……でもまあ、七瀬くんの恥ずかしがっているところは充分見れたから満足かな。なんて思っていたら――。

「はい、立花《たちばな》さんも、あーん」

「っ！　セ、セクハラだ！」

七瀬くんがアイスを載せたスプーンを差し出してきて、私はそう訴えた。

「誰がセクハラさ！　そっちが先にしてきたんだから、こっちもする権利があるよ！」

「……ぐぬぬ」

自分があーんで散々楽しんだ手前、反論することもできない。

しまったぁ。普通の男子なら間接なんちゃらとか気にしてやらなそうだけど、七瀬くんならやり返してくるかもって考えておくべきだったぁ。

「言っておくけど、予備のスプーンを使ってるから、その、間接……とかにはならないからね！　いくら僕でもそこまでズボラじゃないから！」

「意外と準備がいい!?」

　おかげで、間接なんちゃらのことは気にしなくてよくなったけど……うぅ、それでも恥ずかしい。どうにかして逃げる方法はないのか。

「ほら、もう観念してあーん、されなよ」

「ぐぬぬ……はぁ」

　諦めてため息をつくと、私はヤケになった。

　あーんの一つや二つぐらいくれてやるわ。めっちゃ恥ずかしいだろうけど、死ぬわけじゃないし！　そう思って、私は勢いよくスプーンに載っけられたアイスを食べた。

「冷たい……けど、私のアイスと同じ味！」

「君も美味しいんじゃないんだね!?」

　そんな言葉を交わしたあと、二人してお互いを見る。勢いとはいえ、あーんの交換をしたからか、まだ七瀬くんの顔は真っ赤で、私も顔がアツアツだ。

「私たち、なにやってんだろうね」「そうだね、立花さん」

　それからなんだかおかしくなっちゃって、二人して笑い合った。

　七瀬くんはデートって言ってたけど、結局はいつもの私たちだ。

　――でも、それがすごく楽しかったんだ！

その後、私たちは星華祭《せいかさい》の色んなところを一緒に回って楽しんだ。

一年生の出し物のお化け屋敷に入ったり、写真部の教室で二人の写真を撮ったり、同学年のバンドのライブを聴いたり。本当に全部が楽しかった!!

そして——私がグラフィティを描く時間を迎えたんだ。

◇◇◇

体育館の舞台裏。いまは私より一つ前の生徒が有志でマジックを披露していて、それが終わったら、私の番。……というか、マジックが結構盛り上がってるんだけど!

この次に、私のグラフィティなんか見せても大丈夫かな。

チラッと客席を覗《のぞ》いてみると、暗いからはっきりとはわかんないけど、たぶん満席に近いくらいお客さんが入っている。それはそうだよね、体育館でやるイベントって、大体派手で注目されがちだから。……うぅ、緊張してきた。

「立花《たちばな》さん、大丈夫?」

ソワソワしていると、七瀬《ななせ》くんが心配して声をかけてくれた。

グラフィティを描くのは私だけど、彼は同じ舞台に上がって司会をやってくれるんだ。

詩織《しおり》ちゃんたちと喋《しゃべ》れるようになったとはいえ、大勢の前で話すのはさすがにキツイか

MF文庫J
MUSICノベル
誰よりも夢に向かって
真っすぐなキミに出会い、
染められてしまったんだ。
うわべだらけの
昨日にサヨナラを
宣言し、青い春に
狂い咲け!
めっ!
私、何か変われて
いるのかな? もう、
どうすればいいか
分かんないよ。

グッバイ宣言
シリーズ
世界を取るから、見ててよ桐谷くん!
シェーマ
チーユ
私が弱いなら、強い存在を演じてしまえばいいんだ!
エリート
TAMAYA

ベノム
求愛性少女症候群
なんて なくなって
しまえばいいのに
ロキ
聞いたら
呪われる曲が
SNS上に存在する
らしい――
ロキロキ
ロックン
ロール!
たとえ息苦しい
世の中でも「好き」に
生きていこう
テレキャスタービーボーイ
どんなお話か気になる
君はこちらをチェック!

ほんと、学校って変な場所
弟切くんは、よくその鞄としゃべっているでしょう?
いのちの食べ方
なんだ、そんなもんか
ド屑
このキャラクターたちの気になる物語はこちら!

ら、七瀬くんが進行してくれるのは本当に助かる。

それにこういう緊張している時は誰かが傍《そば》にいてくれるだけで、すごく安心するんだ。

しかも、その誰かが七瀬くんだったら、とっても嬉《うれ》しくなる。

「私、頑張るね」

「うん！　もし失敗しても僕がスーパーフォローしてあげるから！　大船に乗ったつもりでグラフィティを描いてきたらいいよ！」

七瀬くんはポンと自身の胸を叩《たた》いた。

「すごい！　七瀬くんが頼もしく見える！」

「普段は頼もしくないってこと⁉」

いつものやり取りをする私たち。あっ、おかげで少し緊張がほぐれたかも。

「立花さんがどんな絵を描くのか、本当に楽しみにしてる！」

「うん、楽しみにしてて！」

実は七瀬くんには、今日どんな絵を描くのか明かしていない。

星華祭で初めて観《み》た方が、七瀬くんが楽しめるかなって思ったから。

もちろんお客さんのためもそうだし、自分のためにもそうだけど、七瀬くんのためにも頑張らなくちゃね。

そう意気込んでいたら、文化祭実行委員に私たちが呼ばれた。い、いよいよだ！

「じゃあ行こうか、立花《たちばな》さん！」

「うん！　行こう七瀬《ななせ》くん！」

それから、私たちは二人で舞台へ出て行った。

精一杯頑張って！　精一杯楽しもう！

だってこれから、私は描いていて一番楽しい絵を描くんだから！

◇◇◇

「レーディース！　アーンド！　ジェントルメーン！」

舞台に出て、私がグラフィティの準備をしている間、司会の七瀬くんがマイクを持って進行を始めた。

ちなみに今回はスプレーで描くんだけど、屋内だからブルーシートを敷いてもらって、換気のために少し窓を開けてもらってもいる。

あと体育館が広いから、大型のキャンバスを使うんだけど、私一人だと運べないから文化祭実行委員に協力してもらってます。ありがとう、実行委員さん。

「これから僕たちはグラフィティっていうパフォーマンスをしたいと思ってるよ！　グラフィティっていうのは、たまに街の壁にスプレーとかで描かれている絵のことを言うんだ」

グラフィティの説明をしてくれる七瀬くん。

さすが七瀬くんだ。全く緊張してないし、進行も手馴《てな》れている。

「あっ、僕たちがパフォーマンスするって言ったけど、僕は一切絵を描いたりはしないんだけどね」

七瀬くんの言葉に、お客さんたちが楽しそうに笑っていた。おかげで場の空気がすごく温かくなる。七瀬くん、ウケまで取っちゃってるよ。本当にすごいなぁ。

「あとそのグラフィティのことなんだけど、本当は最初から最後まで全部描きたいところだけど、さすがにそんな時間はないから、途中まで描いたものをこれからのパフォーマンスで完成させるって感じだから！　その辺は理解してね！」

今回のグラフィティの補足を済ませたあと、七瀬くんがこっちを見てきた。

準備ができたか、確認したいんだろう。

準備の方は、もう完全に整っていた。あとは私がグラフィティを描くだけだ。

一つ呼吸をしたあと、七瀬くんに向かって私はゆっくりと頷《うなず》いた。

「みんな！　そろそろ準備ができたみたいだから、パフォーマンスを始めるね！」

七瀬くんはそう話したあと、お客さんに向かって私の紹介を始めた。

「今回、グラフィティを描いてくれるのは、高校三年生の立花ライカさん！　彼女の見た目と同じように描く絵もすごくキュートだよ！」

急な七瀬《ななせ》くんの言葉に、私はびっくりする。どさくさに紛《まぎ》れて、何言ってるんだぁ〜。

そんな彼はこっちを見て、面白がるように笑っていた。やっぱり変人だよ、この人。

「じゃあみんな！　彼女のグラフィティを最後まで楽しんでいってね！」

最後に七瀬くんが言うと、こっそり私に向かって親指を立てた。

口パクで頑張って！　と伝えてもくれた。

さっきはからかったくせに、そうやって応援しちゃって。

——でも、すごく勇気が出た。

七瀬くんが舞台裏へ移動した直後、ちょっとお洒落《しゃれ》な音楽が響き始める。

無音だとより緊張しちゃうかもしれないからって、七瀬くんが音楽を流すことを提案してくれたんだ。おかげで、緊張はだいぶマシになっていると思う。

ちなみにこの音楽を流してくれているのも、文化祭実行委員の人なんだ。

本当に感謝しかないよ！　七瀬くんだけじゃなくて、色んな人が協力してくれているんだから、必ず成功させなくちゃ！

そう意気込んで、まず私はお客さんを見る。

やっぱりほぼ満席で、だいぶほぐれてきたとはいえ、さすがにまだ緊張はしてる。

ちょっと前の私だったら、逃げ出していたかもしれない。

けれど、いまの私はそんなことは絶対にしないよ。

七瀬くんと一緒に過ごした夏休みに、誰かの前で絵を描くことが、私の絵で喜んでくれた人の言葉を直接伝えてもらえることが、ものすごく楽しいって知ることができたからね。

いまの私ならきっと大丈夫！

こんなに沢山の人たちの前でも、ちゃんと絵を描けるはず！

それに沢山の人たちの前で絵を描くことは、私がずっと望んでいたことなんだから。

やっと私の願いが――大げさに言ってしまえば、夢が叶《かな》うんだ！

だから、これから私は最高の絵を描いて、最高に楽しむよ！

私はお客さんたちに一礼をしたあと、キャンバスと向かい合う。

さっき七瀬くんが説明した通り、キャンバスは真っ白ではなく、既に顔の輪郭と髪が描かれていた。今回は可愛《かわい》い系の女性キャラクターを描くからね。

普段は髪の前に目とかを先に描くんだけど、それだとどんなキャラか先にわかっちゃうから止《や》めている。でも、多少描く順番が変わったところでクオリティが落ちたりはしないよ。今回描く女性キャラは、私が何度も描いてきた絵だから。

「……ふぅ」

テンポが良い音楽が流れる中、私は一つ深呼吸。

大丈夫、私ならできる！　こんなに大勢のお客さんの前でもきっと上手《うま》く描けるはず！

自分に言い聞かせて――私は描き始めた。

まずはキラキラした瞳と小さくてキュートな口を描いていく。

次に髪にアイテムとか付けちゃって——。

そんな風に描いていると、お客さんから少し歓声が上がった。

絵がどんどん完成に近づいていくのが、新鮮なのかもしれない。

なんにせよこうやって誰かが喜んでくれると、絵を描いている私としては、すっごく嬉《うれ》しい！　しかも沢山のお客さんがいるからか、夏休みに味わった時より、もっと嬉しい気分になっちゃってるよ！

いま星華祭《せいかさい》で絵を描いている理由は、実はこの気持ちをもう一度味わいたくて！　みたいな部分もあったりするし！

私はどんどんグラフィティを描いていく。

この調子なら、無事にグラフィティを完成させられそうだね。それで全員！　……は無理だと思うけど、私の絵をより沢山の人たちに素敵だって思わせるんだ！

お客さんたちが喜ぶ姿を想像して、ワクワクしている——そんな時だった。


体育館が一瞬にして真っ暗になった。

さらには音楽も止まって、何も見えず何も聞こえない、完全に無の世界になった。

えっ、なに？　どういうこと？

突然の出来事に、私は動揺してしまう。さすがに絵を描く手も止まってしまった。

お客さんたちも何があったのかと、騒いでいる。

きっと何かトラブルがあったんだと思う。……このままだったらどうしよう。

そんな不安を抱いていたんだけど、すぐに照明も音楽も元に戻った。

お客さんたちもまだ戸惑ってそうだけど、徐々に静かになっていく。

そんなに大したトラブルじゃなかったのかもしれない。……良かった。

安堵《あんど》していた時、気づくと視界には大勢のお客さんが映っていた。

当然だ。私はずっとこのお客さんたちの前で絵を描いていたんだから。

……でも、さっきまで私はずっとキャンバスと向かい合っていて、その前もお客さんのことは確認していたけど、準備もあったし、ちゃんとは見ていなかった。

でも、いまは違う。大勢のお客さんたちと私が向かい合う形になっている。

はっきりと視界に映っている。どれくらいの人たちが、私の絵を観《み》てくれようとしているのか、嫌でもわかる。

刹那――急に恐《こわ》くなってしまった。

あぁ、私はこんなに多くの人たちの前で描いていたんだって。

こんなに多くの人たちが、私の絵を良いか悪いか判断するんだって。

そう考えたら、さっきまで全然平気だったのに手が震え出してしまった。

もしこんなに沢山の人たちに、私の絵を否定されたらどうしよう。

描き終わったあとに、つまらなそうな顔をされたらどうしよう。

そんなことになったら——これから私は絵を描くことができるのかな。


「皆さん！　グラフィティショーは楽しんでますか～!!」


心が不安で一杯になっていたら、不意に七瀬《ななせ》くんが声を上げた。

それに音響さんも気づいたのか、流れている音楽の音量が少し小さくなる。

絵を描いている途中で、七瀬くんが出るなんて聞いてないけど……。

私が困惑している中、七瀬くんはそのまま言葉を続けた。

「さっきはすみませんね！　こっちのミスでうっかり照明と音源の電源を切っちゃったみたいで！　でも、ちょっとドキドキして面白かったでしょ？」

そんな七瀬くんの問いかけに、お客さんたちは笑い出す。

すごい。まだトラブルの余韻が残っていたのに、一瞬で消しちゃった。

「さてさて肝心のグラフィティだけど、もうそろそろ完成なのかな？　まあ僕は絵のこととか全然わかんないから、違うかもしれないけど！」

七瀬くんが軽快に話すと、また笑いが起こる。

おかげで最初の時のように、場の雰囲気がまた温まった。

「でも、僕はこの絵が完成するのがすごく楽しみだよ！」

七瀬くんが急にそんなことを話すと、私はドキッとした。

けれど、そんな私の様子なんて気づいていない彼は、お客さんに訊《たず》ねたんだ。

「みんなもそうだよね？　楽しみだって思う人は大きな拍手をお願いしたいな！」

七瀬くんの問いかけに、お客さんは一瞬、戸惑う。

でも、パチパチと誰か一人が手を叩《たた》くと、連鎖するように他のお客さんも手を叩いて、最終的には大きな拍手の音が響き渡った。なんならお客さんの何人かは私の様子がおかしいことに気づいていたのか、頑張れ！　とエールを送ってもらえた。

そっか。みんな……じゃないかもしれないけど、私の絵を沢山の人が楽しみにしてくれているんだね。もちろん七瀬くんも含めて。

じゃあ、私も頑張らなくちゃ！

決意すると同時に、ようやく七瀬くんが出てきた理由がわかった。

きっと沢山のお客さんの前で動揺している私のことを助けるためだ。

七瀬くんってさ、変人のくせに、本当に優しい人だよね。

すると私の様子を見るためなのか、七瀬くんが視線を向けてくれたから、私はもう大丈夫！　と示すために頷《うなず》いた。

その時、心なしか、七瀬《ななせ》くんが安堵《あんど》した表情をした気がする。

最後に、彼はもう一回場を盛り上げたあと、舞台から退場した。

さて、次は私の番だ！　とは言っても、こんなにも沢山のお客さんの前で描くのは恐《こわ》いと思っちゃってるし、まだ手は震えている。

それでも、私はこのグラフィティを完成させたいんだ！

私自身の成長のためとか、協力してくれた七瀬くん（どちらかというと協力してるのは私の方だけど）のためとかあるけど。

いまはとにかく！　目の前のお客さんたちが喜んでいる姿を見たいからね！

その気持ちを強く持って、私はグラフィティを描くことを再開した。

既に顔の部分は完成しているから、残りの身体《からだ》や手まで丁寧に描いていく。

徐々に完成に近づいていく絵に、またお客さんから歓声が上がった。

いま私はすごく絵を描くことを楽しんでいる。

それはもちろん一番楽しめる絵を選んだってこともあるけど、それだけじゃない。

きっとお客さんが楽しんでくれているから、私もこんなに楽しいんだ！

こんな気持ち、夜の学校でコソコソ描いていただけじゃ絶対に味わえなかった。

七瀬くんは星華祭《せいかさい》で私に絵を描かせたい理由を言わなかったけど、ひょっとしたらいまの気持ちを味わってもらいたかったからかもしれない。

七瀬くんって、自分勝手で、めちゃくちゃで、他人のことを振り回してばかりで――。

それなのに、すごく優しくて、他人の気持ちをよく考えてくれて、勇気をもらえるような言葉をくれて――。

七瀬くんは私の絵を最高って言ってくれたけど、彼こそ本当に最高の人って思う！

だからね、ちょっと前から気づいていたけど、いま改めて思った。


私は七瀬くんのことが好きだ。


もちろん友達として、じゃなくて男性としてね。

「よし、できた」

私は完成した絵を観《み》て、きっと笑っていると思う。それくらい楽しいから。

私が今日、描いたグラフィティは可愛《かわい》い系の女性キャラクター。

けど、そのキャラクターはちょっとだけ不思議なポーズをしている。

どんなポーズかっていうと、腕をクロスしていて、右手は三本の指を立てて、左手は二本の指を立てている。

意味は……自分でもよくわかってないんだけど、めっちゃ可愛いポーズでしょ！

少なくとも私はそう思ってるし、世の中のポーズの中で、このポーズが一番好きだ！

そういう面も含めて、今回、私はこの絵を描いたんだ！

私はキャンバスからお客さんがいる方へ、体を向ける。

すると、暗くて奥の方はわからないけど、顔が見えるお客さんたちはほとんどが笑っていたり、すごい！　みたいな表情をしてくれていた。私の絵で喜んでくれていたんだ!!

良かった、と心の底から安心した。

もしこの場にいる全員から微妙な反応をされたら、どうしようかと思ったよ。

そうして、星華祭《せいかさい》での私のグラフィティは成功したかに思えた。

……けどね、実はまだ全然成功じゃないんだよ。

証拠に私の絵を観《み》て、前の席でも後ろの席でもザワザワと騒いでいる人たちがいる。

主に制服を着ている――星華高校の生徒たちで、それは楽しんでいるわけではなくて明らかに戸惑っているようだった。

当然だよ。だって私の絵柄が『星華のプランクスター』の絵柄とそっくりなんだから。

今まで、私は自分の絵で誰かを喜ばせたい！　でも、私の絵を否定されるのは嫌だ。

そういうジレンマがあったから、コソコソと校舎にグラフィティを描いてきた。

――でも、それも今日で終わりにしよう。

だってさ七瀬《ななせ》くんのおかげで、誰かの前で絵を描いて、そんな私の姿と作品を見て、沢山の人たちが喜んでくれた方が、すっごく楽しいんだって気づいたからね!!

決心すると、私は七瀬くんがいる舞台裏を見て、マイクが欲しいとジェスチャーする。

それを彼はすぐに察してくれて、私に駆け寄ってマイクを渡してくれた。

「頑張って」

七瀬くんは小さい声で伝えてくれると、邪魔にならないようにするためか、すぐに戻っていった。……不思議だな。たったいまの一言だけで、ものすごく勇気が湧いたよ。

そういえば、七瀬くんは今回の私の絵を観て、どう思ったんだろう。

いまは訊《き》ける状況じゃないけど、あとで訊いてみなくちゃ。

そんなことを考えていると、また体育館に流れる音楽が小さくなった。

七瀬くんが音響の人に頼んでくれたのかもしれない。ううん、きっとそうだ。

私はぎゅっとマイクを握っている手に力を入れる。

七瀬くんから勇気づけられたとはいえ、すごく緊張するなぁ……たぶん、さっき絵を描いていた時よりも緊張してる。

それでも、せめて星華高校に関係する人たちには、ちゃんと話さなくちゃね。

今まで、散々迷惑をかけたんだから。

それにこれを乗り越えたら、きっと私は人生で一番、私のことが好きになれる気がする。

そうして――私は星華高校の生徒や先生もいる、お客さんたちに向かって話し始めた。

「薄々気づいていると思いますが、私――立花《たちばな》ライカが『星華《せいか》のプランクスター』です」

伝えても、今度はそんなにザワついたりしなかった。私が言った通り、みんなはもう気づいているからだろう。絵を描いている途中で気づいた人も、何人かいたかもしれない。

「その……今まで、校舎に絵を描いたりして……本当にごめんなさい」

謝罪をしたあと、私は深く頭を下げた。

お客さんの中に、私が描いたグラフィティの後処理をした人がいるかはわからない。

それでも、まずはこの場で謝らないといけないって思った。

少なくとも先生の姿は何人か見られるし、それにたとえ後処理をしていない生徒でも、私の絵のせいで何かしら迷惑がかかっていることだってあるだろうから。

そして次に、私は校舎にグラフィティを描くようになった――『星華のプランクスター』になってしまった理由を話した。

私の絵で誰かに喜んでもらいたい、けど誰かに私の絵を否定されるのは嫌だ。

そんな葛藤の末『星華のプランクスター』という中途半端な存在が生まれてしまった。

きっと人によっては言い訳に聞こえてしまうだろうけど、それでも知って欲しかった。

私はただ、いたずらをしたくてグラフィティを描いていたわけじゃなくて、絵を描くことが大好きで、その絵で誰かを喜ばすことも大好きだってことを。

許して欲しいとは言わないし、言えない。

けれど――。

「今日、描いた絵もみなさんに楽しんでもらいたくて、本気で描きました。それだけは信じて欲しいです」

話の最後に、私は強く伝えた。

声は震えていた。今までの自分が情けなくて悔しくて、自業自得のくせにバッシングを浴びることが恐《こわ》くて、ものすごくかっこ悪い涙が溢《あふ》れそうだった。

ダメだよ。こんなダサい理由で泣くなんて。

七瀬《ななせ》くんだったら、少なくともこの場面では、絶対に涙は流さない。

そう自分に言い聞かせている中、お客さんはみんな最初より一層戸惑っていた。

『星華のプランクスター』のことを知らない人は当然の反応だし、知っている人もどう反応したらいいのかわからないのかもしれない。

本当はバッシングしたくても、こんなに大勢の前だからできないのかも。

「あなたって、本当に最低ね！」

そう思っていたら、急に大きな声でバッシングがきた。

そのせいで、まだ少しザワついていたお客さんたちが静かになる。

……やっぱりそうだよね。

ううん、落ち込むだけじゃダメだ。ちゃんと向き合わないと。

そう思って、続く言葉を待っていると——。

「だって、親友のあたしにそんなに上手《うま》い絵が描けることを隠してたんだから！」


それを聞いて、私はあれ？　って思った。

よく聞いてみれば、声もよく聞き覚えがあるような。

声の主がいる前の席をちゃんと見てみると——未来《みく》ちゃん!?

「なに？　バッシングでもされると思った？　バカね、あたしがライカを悲しませたりするわけないでしょ！」

状況がよくわかっていない私に、未来ちゃんは明るい声で伝えてくれた。

よく見ると彼女の横には、詩織《しおり》ちゃんと凛《りん》ちゃんもいて、手を振ってくれている。

そっか、三人とも見に来ていたんだ。じゃあ私が『星華《せいか》のプランクスター』って知って驚いたよね。……失望したよね。

「確かに校舎にグラフィティを描いたのは良くないことだと思うけど、ライカの絵はすごく素敵よ！」

けれど未来ちゃんは、私の絵を褒めてくれた。

それはとても嘘《うそ》には聞こえなくて……どうして？

「今日、あなたの絵を観《み》れて良かったわ！　すっごく良かった!!」

さっきまで悔しくて泣きそうだった私が、すぐにでも嬉《うれ》しくて泣いてしまいそうな言葉をくれる。本当にどうして、こんなことを言ってくれるんだろう？

「で、でも私は――」

「あのねライカ、ひょっとしたらこの場であなたに文句を言いたい人もいるかもしれない。……でも、そこまで文句を言いたい人が多いなら、最初にあたしが最低だって言葉を言った時に、そういう人も一緒に言ってくると思わない？」

未来ちゃんに指摘されて、私はいま気づいた。言われてみれば、確かに。

じゃあ、なんで誰も私に文句を言ってこなかったんだろう。

疑問を抱いていると、その答えを未来ちゃんが伝えてくれたんだ。

「つまりね、ライカが思ってるより、みんなはライカの絵を楽しみにしていたのよ！」

未来ちゃんの言葉を聞いて、私は改めてゆっくりと客席を見回した。

本当なのかな？　って思って。すると、女子生徒の一人と目があって――。

「『星華のプランクスター』さん！　今日の絵、すごく良かったよ！」

そうやって大声で伝えてくれた。

そしたらね――。

「めっちゃ可愛《かわい》い絵だったぞ！」「またどこかで描いてください！」「グラフィティって生で描くところ初めて見たけど、本当に良かった！」「今日はお疲れさま！　良い絵だったぞ！」「前からファンだったけど、今日で大ファンになったわ！」「次は天使のキャラとか描いて欲しいな！」「絵の描き方、教えてください！」「美術部、入りませんか！」「今日の絵のポーズ、どこかで真似《まね》してみようかな！」

次々と、みんなが私にエールを送ってくれたんだ。
正直、私はもうかなり泣きそうなところを、ギリギリ我慢していた。
こんなに嬉《うれ》しいことがあったら、誰だって泣きそうになるよ。
「ほらね！　みんなライカの絵が大好きなのよ！」
未来《みく》ちゃんの言葉に、私は頷《うなず》くしかできなかった。
何か言葉を発したら、反動で泣いてしまいそうで。
でも、それも意味なかったみたい。

「だって、ライカの絵って最高に可愛いじゃない！」
未来ちゃんからトドメの一言を貰《もら》って、私の涙腺は決壊した。大泣きだ。

ずっと一緒にいた親友から、こんな言葉をもらって泣くなって言う方が無理だよ。

「けどね！　今度からコソコソして描くのは止《や》めて、今日みたいに堂々と描きなさい！」

泣きながら、うんうんと頷く。

そうだよね。もう次からは隠れて描くのは止めなくちゃいけないし、隠れて描く必要もないよね。だって、少なくとも目の前にこんなにも沢山、私の絵を楽しみにしてくれている人がいるんだから。

「うん！　これからはみんなの前で、堂々と描きます！　絶対に描きます!!」

なんとか涙を落ち着かせて、私はこの場にいるみんなに伝えた。

次いで、さらに私は宣言したんだ。

「そして！　私の絵で胸を張って沢山の人たちを楽しませたいです!!」

もう前の自分には戻らないぞ！　って意味も込めてね。

……あっ、肝心なことを言ってなかった。

「言っておきますけど、もう校舎には描きませんからね！」

そう付け加えると、お客さんが——主に星華《せいか》高校の生徒たちが笑った。

最後の最後で、笑いが取れちゃったよ。やったね！

そうして、星華祭《せいかさい》でなんとか私はグラフィティを描き終えた。

いやぁ、めでたしめでたしだよ！　と思っていたんだけど——。

舞台から下りたあと、私はすぐに先生に職員室へ連れて行かれたのでした。

もちろん『星華のプランクスター』の件で。……とほほ。

◇◇◇

職員室に連行されたあと、私はとんでもなく怒られて、二度と校舎にグラフィティを描かないと先生たちと約束した。

でも、実は星華祭でグラフィティを描くことを手助けしてくれた校長先生を含めて、先生たちの間で私の絵が人気だったみたいだから、停学とかにはならなかったんだ。

その後、お母さんから電話が来て、そこでも校舎のグラフィティの件でめっちゃ怒られたよ。だけど、両親は二人とも偶然、私のグラフィティを観《み》てくれていて、とても良い絵だったって褒めてもくれたんだ。

家族に好きなことを褒められるのって、お客さんや友達に褒められるのとは、また違った嬉《うれ》しさがあるよね！

その後、未来《みく》ちゃんたちと一緒に残りの星華祭《せいかさい》を楽しむと、私にとって最後の星華祭は終わった。ちなみに未来ちゃんたちに、どうしてグラフィティを観《み》に来たの？　って聞いたら、未来ちゃんが『星華のプランクスター』が出てくるのか見たかったからだって。

完全に興味本位だったんだね……。

詩織《しおり》ちゃんと凛《りん》ちゃんは、特に他に観たいものがなくて、未来ちゃんについてきただけらしい。三人とも私が『星華のプランクスター』って知った時はすごく驚いたらしくて、でも未来ちゃんだけは割と納得したみたい。

本当は私がとんでもないやつなんじゃないかって、ずっと前から思ってたんだって。

とんでもないやつって……失礼だなぁ。

詩織ちゃんと凛ちゃんには、私の絵のことで良くないことを言ってごめんって謝られたけど、全然気にしてないよって返した。

やっぱり観る人、全員に良いって思われるのは、難しいからね。

それと星華祭の途中、七瀬《ななせ》くんと一緒にいたことはバレバレだった。

クラスメイトが私と七瀬くんが一緒にいるところを見つけて、色んな人に話してて、それで未来ちゃんたちの耳にも届いたみたい。

よく考えたら、変人の七瀬くんと一緒にいたら、そうなるか。

でも今回は、未来ちゃんたちは特にいじったりはしてこなかったけど。

ひょっとしたら、私が本気で七瀬くんのことが好きになったってことに気づいたのかも。

——とそんな感じで、星華祭が終わったあと、私は体育館に置いておいたグラフィティやそれに使った道具の片づけをしていた。

「あっ、七瀬くんだ」

有志で体育館でパフォーマンスをした生徒たちが各々片づけをする中。七瀬くんを見つけるなり、思わず言葉にしてしまった。今まで誰かを好きになった覚えがないからわかんないけど、恋すると誰でもこうなっちゃうのかな。

七瀬くんに近づいていくと、彼はじっと私の絵を観ていた。

そんなに観られると、なんだか恥ずかしい。

そう思っている中、ふと気づく。

——七瀬くんは泣いていた。

なんで？　そんなに私の絵がダメだった？

突然の不安に襲われながら、これ以上、七瀬くんに近づくことを躊躇《ためら》っていると、

「あっ、立花《たちばな》さん」

七瀬《ななせ》くんが私に気づいて、振り向いてきた。彼の頬《ほお》にはまだ涙のあとがある。

「そ、その……どうして泣いているの？」

「泣いて？　……あっ、本当だ」

頬を触って、七瀬くんは驚いていた。どうやら自分でも気づいていなかったみたい。

「も、もしかして私の絵が良くなかった？」

「そんなわけないじゃん！　感動で泣いてたんだよ！」

「ほ、本当……？」

「本当に決まってるでしょ！　僕は立花《たちばな》さんの絵が大好きなんだから！」

七瀬くんは笑って言ってくれた……けど、もしかしたら私に気を遣っているのかもしれないし……。

「そんなに信用できないなら、この絵にチューしてもいい？」

すると、私の様子を見て察したのか、七瀬くんがそんなことを言い出した。

さらには唇も尖《とが》らせている。

そんな七瀬くんを見て、ようやく彼が私の絵を良いって思ってくれているんだ、って安心することができた。

「ええ、それはさすがに気持ち悪いから嫌だ」

「きも!?　ひ、酷《ひど》いなぁ……」

軽い会話をしたあと、私たちはいつもみたいに笑い合う。

あぁ、やっぱり七瀬くんと一緒にいると、すっごく楽しいな！

「あのさ、星華祭《せいかさい》で私にグラフィティを描かせようとした理由って……沢山のお客さんを楽しませたら、私ももっと絵を描くことが楽しめるんだって、気づかせるため？」

星華祭でグラフィティを描いている途中、気になっていたことを訊《き》いてみた。

グラフィティを描き終えたあとも、彼は自分から教えるつもりはなさそうだったから。

「……どうしてそう思うの？」

「だってさ、七瀬くんって人一倍めちゃくちゃなくせに、人一倍誰かのことを考えているって思うから。もっと簡単に言うと、七瀬くんはめっちゃ優しいから！」

私が伝えると、七瀬くんは答えるべきか迷っているような表情をしたあと、

「まあそんな感じかな」

「やっぱり！」

ほら、全て私のためだったんだ。それがわかって心が弾んだ。

「さて、グラフィティを片付けよっか。こんなに大きいと立花さんだけじゃ持てないし、僕も手伝うから」

「うん！　ありがとう！」

七瀬くんと一緒に、大型のキャンバスを持ち上げる。

ひょっとして、これって共同作業ってやつなのかな。

ダメだ！　もう頭の中がお花畑になっちゃってる！

どんどん七瀬《ななせ》くんが好きになっていくのがわかる！

これ以上は感情が爆発して、そのせいで地球が滅んじゃうかも！

そうやって一人でテンションが上がりまくっていると、

「でもあれだね。星華祭《せいかさい》が終わったってことは、卒業も近いよね」

「えっ……そ、そうだね」

七瀬くんの一言で、一瞬にして冷めた。

そうだよ。これからは受験勉強が本格的に忙しくなって、その受験が終わったら、もう卒業式だよ。そうしたら、もちろん未来《みく》ちゃんたちとも一緒にいられなくなっちゃうし
……七瀬くんとも一緒にいられなくなっちゃうよ。

「もっと前から、立花《たちばな》さんとこうして一緒にいられたら良かったなぁ」

「……うん。私も」

思わず同意してしまうと、七瀬くんは驚いた表情をしていた。

しまった。何も考えず恥ずかしいことを言っちゃった。

「びっくりした。また気持ち悪いって言われると思ったのに」

「私だって、そこまで酷《ひど》い人間じゃないよ。というより、私はパーフェクトに気遣いがで

きるガールだよ」

「パーフェクトに気遣いができるなら、校舎にグラフィティは描かないけどね」

「う、うるさい！　うるさーい！」

私なりの目一杯の反抗をすると、七瀬くんは笑った。

太陽みたいに眩《まぶ》しい彼の笑顔を見て、改めて思う。

私は七瀬くんと一緒にいられるのが、心の底から楽しい！

それがたとえ、どんな場所だろうと、彼が傍《そば》にいるだけでワクワクするし、ドキドキするし、幸せになる。

だってそれくらい、七瀬くんのことが大好きだから！

――決めた。


今日、私は七瀬くんに告白をしよう。


この気持ちを抱えたまま、卒業するなんて絶対に嫌だからね。

数ヵ月、七瀬くんと一緒に過ごして、すごく感じたんだ。

もし夏休みに、彼と一緒にグラフィティを描かなかったら。

星華祭でグラフィティを描かなかったら。

私がずっと校舎にグラフィティを描くだけで、高校生活を終えていたら。

絶対に後悔していた。

でも七瀬《ななせ》くんのおかげで、後悔せずに済んだ。

つまりね、絶対に後悔する選択はしない方がいいんだよ。

だから今日、私は七瀬くんに告白をする。絶対に後悔しないために、ね！

それに……その、七瀬くんも私のこと、好きなんじゃないかなって、ちょっとは思ったりもするし……。

「立花《たちばな》さん、どうしたの？　顔赤いよ？」

「っ！　べ、別に赤くないけどね！　真っ青だけどね！」

「真っ青ではないと思うけど……」

七瀬くんは不思議そうな顔をしている。動揺で余計なこと言っちゃったよ。

と、とにかく！　私は今日、七瀬くんに告白するんだ！

それで叶《かな》うなら、七瀬くんの彼女に――。

その時だった。

頭上からガガガ！　と金属が擦《こす》れるような音が聞こえたんだけど、すぐにガタン!!　と何かが壊れたような音に変わった。

どうしたんだろう？　と見上げると――。

バスケットゴールと、そのボードがまとめて落ちてきた。

ひょっとしたら、反射神経が良い人なら避《よ》けられるかもしれない。

でも残念なことに、全くもって運動神経がない私は、キャンバスから手を離しただけで動くことすらできない。

――あっ、ヤバいかも。

恐怖とかを感じる前に、そう思った。

あーあ、たったいま七瀬くんに告白しようって決めたばっかりだったのに。

……今日はさすがに無理かな。

それよりも…………………………………………………………私、死ぬのかな。


「ライカァァァァァァ!!」


利那、私の名前が響き渡った。

――七瀬くんだった。

彼もキャンバスから手を離していて、こっちに向かって走ってきた。

どうしていきなり名前呼び？

そんな状況にそぐわないことを思っていたら——バンッ！

「いたっ！」

七瀬《ななせ》くんに押し出されて、私は後ろに倒れ込む。

直後、凄《すさ》まじい音と共にバスケットゴールとそのボードが完全に落下した。

なんでバスケットゴールが？　どこか錆《さ》びてた？

——って、そんなことはどうでもいい!!

「七瀬くん!?」

急いで、倒れている七瀬くんのところに駆け寄った。バスケットゴールの下敷きとかにはなっていなくて、ひとまず最悪の事態は避けられたみたい。……良かった。

「立花《たちばな》さん。大丈夫？」

すると、横たわったまま七瀬くんが心配をしてくれた。

こんな時に、他人のことなんて気にしなくていいのに。

「七瀬くんのおかげで大丈夫だよ。ありがとう」

「……そっか。なら良かった」

「全然良くないよ。七瀬くんは大丈夫？　怪我《けが》とかしてない？」

「僕は大丈夫だよ。こう見えても運動神経が良いからね」

「それは知ってる。夏休みの時、私のカラースプレー攻撃、めっちゃ避《よ》けてたし」

「なんだバレてたか」

七瀬くんはニコッと笑った。こんな時でも笑顔でいられるなんて、素直にすごい人だなって思った。そりゃ好きになっちゃうよね。

「さてと、これ以上、他の人には心配かけないようにしなくちゃ」

そう言って、七瀬くんは立ち上がろうとする。

「大丈夫？　まだ立たない方がいいんじゃない」

「大丈夫だって。さっきも言ったでしょ、僕は運動神経が――」

七瀬くんは笑って答えようとして。


――倒れた。


「七瀬くん、大丈夫⁉」

声をかけるけど、彼からは言葉が返ってこない。

彼は苦しそうな表情で、片方の足を強く押さえていた。

「足が痛いの⁉」

訊《き》いても、やっぱり返事はない。どうしよう、このままじゃダメだ。

私がなんとかしなくちゃ！

「大丈夫だよ、七瀬《ななせ》くん！　今すぐ保健室に――！」

動揺しすぎているせいで、私は自分の力で七瀬くんを運ぼうとする。

本当は男性の先生か男子生徒を呼んで、運んでもらう方が絶対に良いのに。

……けれど、どの道、私の行為は全て意味がなくなる。

「いたっ⁉」

不意に、頭痛が走った。いつものやつだ。

こんな時にどうして……？　で、でも大丈夫。いつもくらいなら耐えられ――。

さらに激しい痛みが、私を襲った。

普段の頭痛なんか比じゃなかった。間違いなく人生で一番の痛みだった。

そのせいで私は七瀬くんの体を持ち上げることもできず、倒れてしまう。

「いたっ‼　痛い‼」

「おい！　大丈夫か！」

「大きな音が聞こえたけど、大丈夫？」

すると、男女の生徒たちが駆け寄ってきた。バスケットゴールが落ちた音を聞いてやってきたんだと思う。

良かった。これで七瀬くんを保健室に連れていけ――痛い‼

まだ頭痛は続いていた。それどころかまだ痛みが増していて、意識も朦朧《もうろう》としていく。
どうして……？　いつもはこんなこと――。

『ライカ!!』

こんなタイミングで、さっきの七瀬くんの言葉が思い出された。
……あれ？　でもこれ、なんかちょっと違うような――!!
『ちょっと待って。急にそんなこと言われて――わぁ!?』
『レッツゴー!!』

不意に覚えのない光景が、頭の中に流れた。
場所は私が通っていた中学校の校舎裏。けれど、なぜか七瀬くんがいて。
――なにこれ、知らない。
『あ、あのさ……これからも、ここに来て話してもいいかな？』
『もちろんだよ！　一緒にお喋《しゃべ》りしようぜ！』

次は、中学校の中庭。
また傍《そば》にいる七瀬《なせ》くんの言葉に、私は笑って言葉を返していた。
――知らない。

『七瀬くん！　頑張って～！』
『立花《たちばな》さん!?　すごく嬉《うれ》しいけど、さすがにちょっと恥ずかしいよ!!』
次は、グラウンド。
私が全力応援すると、七瀬くんはすごく照れていた。
――知らない！

『お願いだよ!!　お願いだから返事をしてよ!!』
最後は、目の前で七瀬くんが倒れていて……。
――知らない！　こんなの知らないよ!!

そう思っているのに、どんどんと覚えのない光景が流れる。
その全てに必ず七瀬くんがいた。
知らない……と強く思いたいけど、もうとっくに気づいている。
これは私が失った記憶だ。
そして、私が自分の奥底に沈めていた記憶だ。
……そっか、そうだったんだ。
私はずっと事故のせいで、記憶喪失になったんだと思っていた。
実際、両親からも、病院の先生からも、そう聞かされていた。
だけど、違ったんだ。
頭の痛みが限界を超えて意識を失う直前、私はようやく思い出した。
中学の卒業式の日。事故に遭ったのは私じゃない。
本当に事故に遭ったのは――。

ユクエくんだ。

第五章　ライカとユクエ

僕——七瀬《ななせ》ユクエは好きなこと……ううん、大好きなことがあった。

それは走ること。

何をしているよりも、走ることが大好きだった。

だから小学生の六年間は、ずっと地元の陸上クラブに入っていたし、中学生になっても陸上部に入っていた。

けれど、どれだけ走るのが大好きでも、才能があるかどうかはまた別の話で。

言ってしまうと、僕には走る才能がなかった。

小学生の時はどのレースでも三着にすら入ったことがなかったし、中学生になったらほとんどがビリか、ビリから二番目だった。

中学生になったら身長が伸びて、急激に足が速くなったりするかも、とか思ってたけど、全然そんなことなかった。なんなら身長もそれほど伸びなかったし。

そうして結果が出なくても、やっぱり走るのが大好きだから陸上部は続けていた。

もちろん努力はした。

毎日、走って、走って、走って。

朝も、学校の昼休みも、夜も、とにかく走り続けた。

……でも中学二年生で他校と合同で練習をした時、同じ組が中学一年生ばかりのレースだったことがあったんだ。

さすがに一つ下の子ばかりだから、一位は無理でも良い順位が取れるかもって思った。

結果は最下位。

この時ばかりは、さすがに心が折れた。走ることは大好きだけど……もう無理だ。

そのことがきっかけで、僕は陸上部を辞めようって決めたんだ。

走るのは、もういいやって。

ちょうどその時期だった。

――僕が立花《たちばな》ライカと出会ったのは。

◇◇◇

九月中旬。

朝の学校。ほとんどの生徒が登校していない時間帯に、僕は職員室の前にいた。

陸上部の退部届を出すためだ。

顧問の山崎《やまざき》先生は、いつもめちゃくちゃ朝早いから、きっともう学校には来てる。

よ、よし、出すぞ。そう決意して、職員室のドアノブに手をかけて──いや、山崎《やまざき》先生が今日に限ってまだ来てないかもしれないし、もう少し休憩してからにしよう。

……別に、未《いま》だに退部するか迷ってるわけじゃないからね。

それから、僕は校内を散歩してみる。

ほとんど誰もいなくて静かだなぁ。なんだか落ち着く。

そう呑気《のんき》に思いながら歩いていたら、昇降口まで来てしまった。

すると、窓付きのドアから一人の女子生徒が見えた。制服の上から水色のパーカーを着ている彼女は、ルンルンとスキップしながらこっちに向かっている。

「げっ……」

僕は思わずそんな声を出してしまった。だって僕は彼女のことを知っているから。

学校で一番の変人であり、問題児──立花《たちばな》ライカさん。

しかも、僕と同学年。

ずっと別クラスだから一度も話したことはないけど、校則違反のパーカーは勝手に着てくるし、勝手に校内でイベントやったりするし、もうめちゃくちゃらしい。

逆にそのめちゃくちゃな部分のおかげで、隠れファンがいるとかいないとか。

つまり立花さんは、僕とは正反対の世界にいる人間だ。

僕なんて大会で結果が残らなくて、練習ですら中一の人たちにボロ負けして、陸上部を辞めようとしているんだから。

ありがちな理由で何かを諦めてしまう、どこにでもいるようなやつ。それが僕だ。

立花さんがいまの僕なら、きっと陸上部を辞めないんだろうなぁ。

そんな意味のないことを考えながら、立花さんに視線を戻すと……あれ？

彼女は方向転換して、昇降口とは別の場所へ向かっていた。

……どこへ行ったんだろう。

そう思っても、いつもの僕なら絶対に気にしなかったはずだ。……でも、その日の僕はなぜか立花さんがどこへ行ったのか、どうしても気になって外へ出てしまった。

いま思えば、僕は立花さんの存在を知った時から、ずっと彼女に惹《ひ》かれていたのかもしれない。

「どこに行ったのかな？」

ルンルンの立花さんを探すために、普段誰も来ない校舎裏まで来た。

たぶんこの辺にいるはずなんだけど……。

「ふんふん〜ふ〜ん」

不意に、機嫌よさげな鼻歌が聞こえてきた。

立花さんかな？　と思って鼻歌が聞こえる方へ行くと、やっぱり立花さんがいた。

彼女の目の前には、校舎の壁があって、その壁に彼女は思いっきりカラースプレーを吹き付けていた。

「って、なにやってんの⁉」

思わず声を上げちゃうと、立花《たちばな》さんはこっちを見て僕を確認。

すると、彼女は目を見開いたあと、尻餅をついた。

「び、びっくりした……」

「えっ、ご、ごめん……って、そうじゃなくて！　これ、何やってるの？」

訊《き》いてみると、立花さんは説明してくれるのか、すぐに立ち上がってくれた。

「壁に絵を描いているんだよ。グラフィティってやつ。知らない？」

「言葉は聞いたことあるけど、いまはそういうことを訊きたいんじゃなくて……」

立花さんが指をさしている壁を改めて見ると、絵はほとんど完成していた。

さっきスプレーを吹き付けていたのは、仕上げをしてたっぽい。

そういえば、ここ最近、校舎に落書きが描かれることが多発してるとか先生が言ってたっけ。それも全部が校舎裏の壁で……間違いなく、立花さんのことだ。

「校舎に絵を描くなんて、ダメなんじゃないの？」

「寝る前にさ、甘いものは食べたら良くないのに、ついついアイスとか食べちゃうことってあるよね！　つまりはそういうことなんだよ！」

「どういうこと⁉」

急に立花さんがアイスの話を始めて、僕は混乱する。やっぱり彼女は変人なんだ。

「だから！　ダメって言われても、好きなことはしちゃうってこと！」

「あぁ、そういうことね」

ようやく理解できた。というか、いまちょっと怒られなかった？

なんてことを考えていたら――。

「退部するの？」

唐突に、立花さんに訊かれた。

そんな彼女の視線の先は、僕の手元にあった退部届だった。

「一応、陸上部を辞めるつもりだけど……」

「一応ってなに？　本当は辞めたくないってこと？」

直後、立花さんはグッと迫ってきた。えっ、なんでこんなに訊いてくるんだろう。

不思議には感じたけど、よく考えたら誰にも、両親にすら相談してないなって思って、どうせならって立花さんに事情を話すことにした。

「どうなんだろう。正直、まだ自分でもよくわからないけど、とにかく大会で全然、結果が出なくて……」

「結果が出ないから、辞めるってこと？　なにか病気のせいとかじゃない？」

「病気？　そういうのじゃないよ。ただ結果が出ないから、辞めたいって思ったんだ」

大会に出るたびに、ビリかビリから二番目ばっかりだと、どんな人でも辞めたくなると思う。……まあ立花《たちばな》さんみたいな人だったら違うかもしれないけど。

「ふーん、なるほどね～」

立花さんは何回も頷《うなず》く。これってどういう反応なんだろう。

疑問に思っていると、立花さんはこっちを見て問いかけた。

「君はさ、大会で結果を出すために走っているの？」

彼女の質問に、僕はそうだ、とは言い切れなかった。だって大会で結果を出すために走っていたら、きっと僕は小学生の時点で辞めていたはずだから。

「私はね、絵を描くのが好きだからグラフィティを描いているよ！」

立花さんは弾んだ声で話すと、また壁にスプレーを吹き付けた。

きっとそれが最後の仕上げだったんだろう。

壁には、白いパーカーを着たとても可愛《かわい》い女性キャラクターが描かれていて、こっちに向かって笑ってくれていた。

「好きなことをする理由なんてさ、好きってだけで充分でしょ！」

すると、キャラクターと同じように立花さんも明るく笑って、伝えてくれたんだ。

その笑顔と彼女の言葉に、鼓動が高鳴った。

好きってだけで充分……じゃあ僕が走る理由も、走ることが好きってだけで良いのかな。

そんなことを思いながら、自然と壁に描かれた立花さんの絵を眺める。

そして、つい呟《つぶや》いてしまった。

「可愛い絵だなぁ」

「えっ、本当？」

立花さんが、さっきみたいにこっちに迫って訊《き》いてきた。

言った瞬間、しまったと思ったんだけど、特に気持ち悪がられたりはしてないみたい。

むしろ、いまの立花さんは喜んでくれているような……。

「まずい！　先生の気配がする！」

急に立花さんが焦り出した。

「えっ、そうなの？　僕にはわからないけど……」

「それが私にはわかっちゃうんだよね！　君、一緒に逃げるよ！」

立花さんにグッと腕を掴《つか》まれた。刹那、また鼓動が高鳴ってしまう。

「ちょっと待って。急にそんなこと言われて――わぁ!?」

「レッツゴー!!」

立花《たちばな》さんに引っ張られるようにして、僕は校舎裏から撤退した。

後から聞いた話によると、僕たちが逃げたすぐあとに、先生たちがグラフィティを発見したらしい。立花さんって、すごくない!?

あっ、そうだ。あとね――。

その日は結局、僕は退部届を出さなかったんだ。

◇◇◇

「立花さん！　その……ありがとう！」

昼休み。中庭にいる立花さんにお礼を言った。

立花さんと初めて話した日から二週間。僕は陸上部を辞めなかった。

そして、陸上部を辞めることをやめた。

彼女のあの言葉のおかげで、どれだけ僕が走ることが大好きか改めてわかったから。

加えて、良い成績を残さないと走っている意味がなくなっちゃうんじゃないか、っていう焦りとかプレッシャーが一切なくなったんだ。

好きってだけで走り続けていいいんだって、そう思えるようになった。

――という話を立花さんにもしたんだけど。

「君、誰だっけ？」

「ええ⁉　覚えてないの⁉」

……でも、よく考えたら当然だよね。今まで全く接点なかったし、二週間も経《た》ったら忘れちゃうよね。僕が落ち込んでいたら、いきなり立花さんが笑い出した。

「ジョークだよ、ジョーク！　私のグラフィティを盗み見ようとした人だよね？」

「別にそういうわけじゃないけど……」

けれど立花さんが気になって後をつけた、とは言えないから反論ができない。

「まあまあ、そう照れなさんなって！　えーと、走るの大好きくん？」

「七瀬《ななせ》ユクエ！　適当すぎる名前で呼ばないでよ」

僕がそう言うと、立花さんは面白がるように、また笑った
「七瀬くんね！　オッケーオッケー！　さっき私の名前を言ってたから、言う必要ないかもだけど、私は立花ライカ！　とりあえず隣に座る？」

立花さんは座っているベンチの隣のスペースをポンポンと叩《たた》く。

さすがに心臓がドキッとした。

ちなみに、いまこの場には僕と立花さん以外いない。なんでも中庭に入ると、恋人と別れることになったり、友達と大喧嘩《おおげんか》したり、とにかく良くないことが起こるらしい。

さらに問題児の立花さんが休み時間に中庭にいることが多いこともあって、中庭にはほ

とんど人が来ない。僕は噂《うわさ》とか信じないタイプだから、今日みたいに入れちゃうけど。

「じゃ、じゃあ……失礼します」

立ちっぱなしで話をするのもあれだし、立花《たちばな》さんの隣に座った。

もちろん、ある程度の距離は空けてるよ。

「七瀬《ななせ》くんは、恥ずかしがり屋さんだなぁ」

「そ、そんなんじゃないし！　立花さんこそ色々ガサツなんじゃないの？　朝っぱらから校舎にグラフィティを描くし。あれじゃいつかバレちゃうよ」

「それは大丈夫、普段はもっと早く学校に来て描いているから。絶対に見つからないよ～」

「そ、そうなの？　なんかとんでもない執念だなぁ」

立花さん風に言うと、それだけ絵を描くのが大好きってことなのかもしれない。

そう考えたら、立花さんって実はすごい人なんじゃ！　って思えてきた。

「そういえばさ、私からも七瀬くんにお礼を言わなくちゃ」

「僕に？　どうして？」

お礼を言われるようなことをした覚えなんて全くないけど、と不思議に思っていたら、すぐに立花さんが答えてくれた。

「あの日、私の絵を褒めてくれたでしょ？　絵を描いていることって誰にも言ってないから、自分の絵が褒められたのって、何気にあれが初めてだったんだ」

「えっ、そうだったんだ！」

「そうだったんだよ〜。だからね、褒められた時はめっちゃ嬉《うれ》しかった！」

立花さんはニコッとしたあと、僕の目をちゃんと見て伝えてくれた。

「七瀬くん、ありがとう！」

立花さんにお礼を言われて、なんとも言えない嬉しさが込み上げてきた。

彼女の力になれて良かったというか……上手《うま》く言葉にできないや。

同時に、僕はもっと彼女と話したいと思った。

そうしたら僕自身がもっと変われそうっていうのもあるし——でも、一番の理由は楽しそうだからかな。だから、僕は勇気を振り絞って訊《き》いてみた。

「あ、あのさ……これからも、ここに来て話してもいいかな？」

すると、立花さんは一瞬、キョトンとしたあと——グッと親指を立てた。

「もちろんだよ！　一緒にお喋《しゃべ》りしようぜ！」

「良いの？　ありがとう！　……だけどそれ、どういうキャラなの？」

「わかんない！　適当にやってみた！」

立花さんがそう言って笑うから、僕も笑っちゃった。

本当に勢いで会話しすぎだよね。でも、それがすごく良いと思う！

以降、昼休みや放課後、僕は立花さんとよく一緒に過ごすようになったんだ。

◇◇◇

立花《たちばな》さんと一緒に過ごすようになって、彼女と色んなことを話した。

最初は他愛《たあい》のない話が多かったんだけど、それだけでも僕はすごく楽しかった。

そもそも、僕に親しい友達がいないっていうのもあったからかもしれないけど。

さらに立花さんとの時間が増えるにつれて、僕の話をしたり、逆に彼女の話を聞くこともあった。

立花さんは、文字が歪《ゆが》んで見えちゃう病気らしい。

子供の頃、本気でプロの女優を目指していたんだけど、その病気が原因で諦めざるを得なかったたって。

……だから僕が陸上部を辞めようとした時、病気かどうか訊《き》いてきたんだね。

それでも、立花さんは絵を描くっていう新しい好きなことを見つけて、いまはそれを楽しんでいるんだ。絵なら文字が読めなくても関係ないからね。

その話を聞いて、僕は立花さんのことを本当にすごいと思ったし、尊敬した。

病気がわかった時点で、普通の人なら何もかもを諦めてしまいそうなところを、ちゃんと新しい道を見つけたんだから。本当に、本当にすごいよ！

だからって校舎にグラフィティを描くのはどうかと思うけど、それも彼女らしいよね。

「七瀬《ななせ》くん、これ見て！」

放課後。立花さんと一緒に帰っていると、彼女が肩をポンポン叩《たた》いてきた。

彼女と一緒に過ごし始めてから二ヵ月くらい経《た》っていて、いまとなっては陸上部の練習がない日には一緒に帰るようになっていた。

きっかけは僕が一緒に帰りたい、とお願いしたら、立花さんはオッケー！　って軽い感じで承諾してくれたんだ。こっちは結構、緊張したのに……。

「立花さん、なにそれ？」

「今日、家庭科で作ったぬいぐるみ！　どう？」

立花さんが見せてくれたぬいぐるみは、手の平サイズで……正直、化物みたいで、とても可愛《かわい》いとは思えなかった。

「……可愛いと思うよ」

「あっ、嘘《うそ》ついたでしょ！　ちなみに私も可愛いとは思ってない！」

「ええ……」

僕が戸惑っていると、立花さんはクスっと笑った。か、可愛い……！

「絵は割と得意だと思ってるけど、なぜか手芸は苦手なんだよね～」

「そうなんだ。なんか意外だね」

「そういえば七瀬《ななせ》くんのクラスも今日、家庭科あったよね？　ぬいぐるみ作った？」

「えーと、まあ作ったけど……」

すると、立花《たちばな》さんが期待した瞳でこっちを見てくる。

僕が作ったぬいぐるみなんて見ても、面白くないと思うけどなぁ。

そう思いながら、渋々バッグからぬいぐるみを取り出して、見せた。

「わぁ！　すごいじゃん！」

立花さんはぬいぐるみを見て、目をキラキラさせてくれた。

「これって猫だよね？　めっちゃ可愛《かわい》い！」「そ、そうかな？」

僕の言葉に、立花さんは「そうだよ！」と何度も頷《うなず》いた。

「そっかそっか！　七瀬くんって、手先が器用なんだね！」

「まあ走るよりは得意だね」

自虐っぽく言ってみたけど、立花さんは笑わなかった。

やばい、余計なこと言っちゃったなぁ……と後悔していたら、

「でも、走る方が好きなんでしょ？」

立花さんが今度は笑って、訊《き》いてきた。

まるで僕がどう答えるかわかっているかのように。

以前までの僕だったら言葉に詰まっていたかもしれないけど、今ならはっきりと言える。

「うん！　走る方が好きだよ！」

自信を持って答えたら、立花さんは嬉《うれ》しそうな表情を見せてくれたんだ。

「それなら七瀬くんはずっと走った方がいいよ！　たとえ得意じゃないことだってずっと続けて――それこそ大人になっても続けたっていいんだから！」

「ずっと……」

そんなことなんて考えてもみなかったけど……そっか、大人になっても好きなことって続けてもいいんだ。スポーツでずっと続ける人たちって言えば、プロになる人ばかりかと勝手に思ってたけど……ただ好きってだけで、続けたっていいんだよね！

「そうだね！　大人になっても趣味でいいから、ずっと走ることは続けたいな！　それくらい僕は走ることが大好きだからね！」

「いまの君ならそう言うと思ったよ！　ちなみに私も大人になっても絵は描き続けるよ！」

立花さんはいつの間にか出していた、カラースプレーを片手に宣言した。

それだけ彼女も絵を描くことが、大好きなんだよね！

「でも、立花さんはプロとか目指さないの？　あんなに絵が上手《うま》いのに」

「ううん、目指さないよ。そもそも私の絵なんて本当に上手い人に比べたら全然だし。それにプロの女優を目指そうって決めた時は、憧れの女優さんがいて私もこんな風に演技をしたいなって思ったからだけど……絵に関しては誰かを楽しませられたら、それだけで私も充分楽しいからね！」

立花《たちばな》さんは明るい声音で答えた。本心からそう言っているみたいだ。

きっとプロの女優を目指そうって思った時とは、心境が違うってことなんだろう。

「あっ、でもね！　私に夢がなくなったわけじゃないんだよ！」

立花さんはバッグから一冊のノートを取り出して、僕に見せてくれた。

表紙には『夢ノート』と手書きで書かれている。

「えっと……なにこれ？」

「『夢ノート』だよ！　この中に私が叶《かな》えたい夢がいっぱい書いてあるの！」

夢がいっぱい？　どういうこと？

僕がちょっと混乱していたら、察した立花さんがノートを開いてくれた。

そして、ノートの一ページ目には、少し大きめの文字でこんなことが書いてあった。

『グランドキャニオンを見てみたい』

『フカヒレを食べてみたい』

たぶんこれらが、立花さんが言っていた夢なんだろう。

さらにページがめくられると『外国人の友達を作りたい』とか『マジックができるようになりたい』とか書かれていて、残りのページも同じような感じのことが書かれていた。

だいたい一ページにつき、二〜三個くらい。

「これって、その……夢？」

失礼かなと思いつつ、訊《き》いてみると、

「私が夢と思えばね、それは夢なんだよ！」

立花さんはニコッとして、堂々と言ってのけた。

それだけで、僕は強く納得させられてしまった。

そうだよね。夢に大きさとか、そんなの関係ないよね。

「……で、ノートには立花さんの夢が沢山書かれているけど、一体何個あるの？」

「なんと百個です！」

「さすがに多くない⁉」

百個って、叶えられるのかなぁ。

僕はちょっと心配になったけど、立花さんはそんなことないみたいで、

「いっぱい夢があっちゃいけないなんて誰が決めたの？　誰も決めてないでしょ？」

「いや、まあそうだけど……」

「だからね、夢は何個も、何十個も、何百個だってあっていいんだよ」

立花さんは楽しそうに語る。

彼女の考えを聞くと、いつも驚かされると同時に、本当にすごい人だなって思わされる。

心の底から、尊敬できる。

そうしたら彼女は、また僕が驚くようなことを自信満々に伝えてくれたんだ。

「だってさ！　夢が沢山あった方が、絶対に人生楽しいじゃん！」

確かに、って思った。

夢が一個もない人生より、大きくても小さくても関係ないから、些細《ささい》なことでもいいから、夢が沢山あった人生の方が楽しそうだ。

納得した瞬間、僕は思わず笑っちゃった。

だって、彼女が語った人生が本当に楽しそうだから。

「ちなみに絵を描くのが好きってことを見つけた時に、夢って何個でもあっていいんじゃない？　って思って書き始めたのが、この『夢ノート』なんだよ！」

「そっか。きっかけも『夢ノート』って発想も、すごく立花《たちばな》さんっぽくて良いね！」

「でしょでしょ！」

立花さんは喜んでいるのか、両手でピースする。

「それにね！　七瀬《ななせ》くんのおかげで『夢ノート』の夢が一つ叶《かな》ったんだよ！」

立花さんは嬉《うれ》しそうに言葉にすると『夢ノート』をぺらぺらとめくってから、とあるページを見せてくれたんだ。

夢ノート!

『私の絵を誰かに褒めてもらうこと』


その言葉を見て、僕は理解した。

初めて立花《たちばな》さんと話した日。僕は彼女の夢を叶《かな》えられていたんだ。

そう思うと、なんだか僕まで嬉《うれ》しくなった。

それくらい、いまの僕の中では立花さんの存在が大きくなっているのかもしれない。

「ね！　七瀬《ななせ》くんのおかげで夢が叶ってるでしょ！」

「う、うん……でも、そんな風に言われちゃうと、なんだか恥ずかしいよ」

「なになに〜そんなに恥ずかしがるなよ〜」

僕の肩付近を、立花さんは肘でツンツンしてくる。

急にそんなことされると、ドキッとするから困るなぁ。

「………」

もし些細《ささい》な夢でも沢山持っていいなら、僕も夢を抱いてもいいんだろうか。

僕は走ることが大好きだけど、走ることで良い成績は出ていない。

いまはもう走るだけで楽しいってわかっているから、それでも良いと思っているけど、
夢として何か目標を持つのもアリなんじゃないかなって思えた。

たとえどれだけ努力しても、きっと僕は全国大会はもちろん、県大会に出場することすら無理だろう。

だけど、地方大会で予選を突破するくらいは、今まで以上に頑張ったらできるかもしれない。

立花さんの夢の話を聞いて、そんなことを考えた。

同時に、僕も立花さんみたいに生きてみたい！　って強く思ったんだ。

「あのさ、立花さん。僕ね、夢として来年にある最後の地方大会で、予選だけでも突破してみたいんだけど……どう思う？」

ちょっと不安になりつつ訊《き》いてみると、

「すごく良い夢じゃん！　私はめっちゃ応援する！」

立花さんは親指を立てて、可愛《かわい》いウィンクもしてくれた。

不思議だな。たったそれだけで僕は頑張ろうって思えるんだ。

「そうと決まれば、七瀬くんのために旗とか作らないとね！　超でっかいやつ！」

「応援ってそこまでするの!?　すごくありがたいけど、とんでもないぬいぐるみを作っちゃうような立花さんは、たとえ小さいやつでも旗なんて作れないんじゃ……」

「なんだと～私はやる時はやったりやらなかったりするんだぞ！」

「やらなかったりするんだ!?」

そんな会話をしたあと、僕たちはおかしくなって笑い合った。

最後の地方大会で、予選を突破する！　それがいまの僕の夢だ。

もしダメだったら、今度は高校で地方大会の予選を突破する！　っていう新しい夢を抱けばいい。だって、夢は何個でも抱いたっていいんだからね。

でもね、僕はもちろん本気で、来年の大会で予選を突破するつもりだよ。

立花《たちばな》さんのおかげで走ることをやめずに済んで、さらには夢まで抱けたんだ。

彼女に恩返しをする意味でも、僕は本気で夢を叶《かな》えにいく。

「ねえ七瀬《ななせ》くん！　七瀬くんがもし予選突破した時の勝利のポーズを考えたんだけど――」

「いま気合入れてたところなのに～」

立花さんがマイペースなことを言ってきて、僕はまた笑っちゃった。

やっぱり立花さんは、立花さんだなぁ。

◇◇◇

地方大会で予選を突破するという夢を抱いてから、僕はより一層走る練習をするようになった。もちろん部活や休み時間も含めて、朝昼晩は全て走る練習をして、プロの陸上選手の本を買って、走るフォームも見直してみた。

さらには顧問の先生や同級生に、僕の短所やあるかわからない長所を聞いてもみた。

そうしたら今まで僕は１００ｍを走っていたんだけど、どうも僕は後半のノビが良いらしくて、距離を少し伸ばした方がいいんじゃないかってなったんだ。

だから、僕は１００ｍから２００ｍに種目を変えた。

走ることが大好きな僕だけど、距離には特にこだわりはなかったから。

そうして僕は毎日、一日中練習に熱中していたんだけど、それは立花さんと一緒に過ごす時間が少なくなるってことでもあって――。

「七瀬くん！　頑張って～！」

でも立花さんはわざわざグラウンドまで来て、僕の練習を応援してくれたんだ。

しかも毎日！

だからある意味、立花さんと一緒に過ごす時間はそんなに変わらなかったんだけど……。

「立花さん⁉　すごく嬉《うれ》しいけど、さすがにちょっと恥ずかしいよ‼」

「フレー！　フレー！　七瀬くん‼」

「全然聞いてない⁉」

立花さんにめちゃくちゃ応援される中、僕はひたすら練習に励んだ。

周りには色んな意味で注目されちゃってたけど、おかげですごく励みになったし、ものすごく頑張れたんだ！

そして、月日は流れて、僕たちは中学三年生になって――。

僕の中学最後の大会の日を迎えた。

◇◇◇

六月下旬のとある休日。陸上競技場にて。

僕はユニフォーム姿になって、自分が走る番が来るのを待っていた。

緊張のせいで、足がちょっと震えている。

でも大丈夫。二年生の時から何ヵ月も練習してきたし、自分に合う種目にも変えたし、万全は尽くしている。それに――。

「頑張れ～！　七瀬《ななせ》くーん！」

観客席では、まだ僕の番じゃないのに立花《たちばな》さんが一生懸命応援してくれていた。

片手には、なんと彼女が手作りした、丸めた新聞紙と厚紙で作った応援用の小さな旗が握られていた。――応援の旗、本当に作ってくれたんだ!?

しかも、その旗には『ガンバレ！　七瀬くん！』と書かれていて、立花さんはそれをひたすらに振ってくれている。

たぶん競技をしている選手よりも目立っていて、他の観客たち（おそらく選手の親御さんたち）からも「元気な子ね～」という感じで、温かい目で見られていた。

　ちなみに僕の両親は、二人とも働いていて今日はどうしても外せない仕事のせいで来ていない。二人にものすごく謝られたけど、顧問の先生にビデオを撮ってもらっているから、後で見てもらおうと思っている。もちろん僕が勝っているところをね。

「いっけ～！　七瀬くん、やったれ～！」

　そんなことを思っている間も、立花さんは全力応援してくれている。

　僕は恥ずかしい気持ちもあるけど、それよりも立花さんが応援してくれるだけで、なんでもできるような気になるんだ！

　立花さんのおかげで緊張がだいぶほぐれて、足の震えも収まった。

　すると良いタイミングで、大会関係者の人に僕が走る組が呼ばれた。

　これから走る八人が各々、自分のレーンへ移動する。

　僕は5レーン。中央のレーンで、嬉《うれ》しいことに僕が一番走りやすいレーンだ。

　僕が走る組は最終組。だから走り終えた瞬間、予選を突破したかどうかが決まる。

　今大会の２００ｍの参加者は三十二人。

　参加者全員のタイム上位八人がＡ決勝へ進み、その八人を除いた、さらに上位八人がＢ決勝に進む。

　つまり予選を突破するには、少なくとも上位十六人に入る必要があるんだ。

例年通りなら二十四秒台か二十五秒台前半なら安心だけど、二十五秒台後半でもいつも何人かはB決勝に行けている。

去年の予選通過者で一番遅いタイムは、二十五秒八一。

僕のベストは二十五秒七二。

本来の力を出せたら、予選を突破できる可能性は充分あるはずだ。

「オン・ユア・マークス」

スターターが掛け声を発すると、レーンにいる全員が両足をスターティングブロックに乗せてから、両手と片膝を地面につけてスタートの準備をする。

次に同じスターターが「セット」とまた掛け声を発すると、全員がいつでも走り出せるように少し腰を上げた。

そして、この次にピストル音が鳴った瞬間、全員が一斉にスタートする。

スタートはあんまり得意じゃないけど、それでも頑張らなくちゃ！

立花《たちばな》さんがあんなにも応援してくれているからね！　期待に応えたい！

それから僕は良いスタートを切ることに集中する。

緩やかな風の音だけが聞こえる中、何秒か経《た》って——。

バンッ！

ピストル音が響いた瞬間、僕は強く地面を蹴った。

よし！　かなり良いスタートを切れた！

とはいえ、他の選手のスタートも速くて、いまの順位は真ん中くらい。

僕の得意な部分は後半。だから最初の１００ｍはなんとしても食らいつくんだ。

とにかく置いていかれないように、必死に足を動かし続けた。

絶対に予選を通過するんだ！　という思いを強く持って。

いいぞ！　まだ真ん中くらいをキープできている！

前半はこのまま頑張って、得意の後半からスピードを上げるんだ！

そうしたら——僕は初めて予選を突破できるかもしれない！

強い期待と共に、僕は最初の１００ｍをなんとかあまり差をつけられずに終えることができた。

そして残り１００ｍ。僕はまた地面を強く蹴って、加速を始めた。

けれど……あれ？　順位が上がらない？

加速をしているはずなのに、視界に映る人数が変わらなかった。

それどころか、次々と後ろから新しい人が映ってきて——。

おかしい、なんでこんなに抜かされているの？

思うように加速できてない？　ど、どうしよう、このままじゃ……このままじゃ！

「七瀬《ななせ》くん!!　頑張れー!!」

刹那、立花《たちばな》さんの応援がはっきりと聞こえてきた。他の観客たちも応援しているはずなのに、不思議と立花さんの声だけが、ちゃんと届いたんだ。

そうだ！　まだ終わってない！

こんな状況でも、立花さんなら絶対に諦めない！

だから、レースの途中で諦めるな！　みっともなくても最後まで足掻《あが》くんだよ！

強く決意して、僕はもう死んでもいいってくらいに走り続けた。

レースが終わったあと、一歩も動けなくなってもいいってくらいに。

それでも順位は落ち続けて――でも、まだだよ！　まだ諦めない!!

だって、まだ終わって――。

そう思っている途中、僕はいつの間にかゴールの白線を踏んでいた。

振り向くと、僕の後ろには一人しかいなかった。

ビリから二番目だった。

「……なんで」

せっかく、ずっと頑張ってきたのに。毎日、全力で練習してきたのに。

もしこの大会がダメでも、高校でも陸上を続けるから、この先予選を突破するチャンスはいくらでもあるって思ってた。

だから今回負けても終わりじゃない。次があるんだって前向きに思ってたけど……。

それでも、負けるのは悔しいよ。

それにただ負けただけじゃない。立花さんの前で負けたんだ。

あんなに僕のことを応援してくれていたのに、その期待に応えられなかったことが何よりも悔しくて、情けない。……僕は何をやってんだよ。

「七瀬くん!!」

不意に立花さんの声が聞こえて、僕は振り向こうか一瞬迷って、結局は彼女を見た。

すると、彼女はどうしてか笑っていた。

あぁ、そっか。僕が落ち込みすぎないようにしてくれているんだ。

……優しいなぁ、と思っていたんだけど、立花さんが今度は不思議そうな顔で僕を見て、それから手招きをした。

どうしたんだろう？　と立花さんがいる観客席の近くに駆け寄っていくと、

「七瀬くん、結果がどうなったか、ちゃんとわかってる？」

「えっ、その……ビリから二番目になっちゃったのはわかってるよ」

「やっぱり！　全然わかってないじゃん！」

立花《たちばな》さんに怒り気味で言われて、僕は戸惑った。ど、どういうこと……？

「電子ボードを見てよ！」

まだ混乱していると、立花さんに言われて電子ボードを見てみる。

そこには正式な200mの結果が書いてあって、僕は最終組のビリから二番目だった。

けれど――僕のタイムは二十五秒六九。

なんと自己ベストだったんだ！

しかも、驚くことはそれだけじゃなかったみたい。

「七瀬《ななせ》くんね！　全体で十五位だよ！」

「えっ、十五位？」

「うん！　私ね、こんなこともあるかと思って、結果がすぐわかるように今までの人のタイムを全部、メモ帳に書いてあるんだよ！　それで七瀬くんは十五位！」

立花さんは嬉《うれ》しそうにメモ帳を見せてくれて、そこには本当に全ての人のタイムが書かれていた。タイム順に並んでいるわけじゃないから、ぱっと見ただけじゃ僕の順位はわからないけど、メモしていた立花さんが確信しているから僕はきっと十五位なんだと思う。

僕のためにわざわざメモしてくれるなんて、立花さんって、めちゃくちゃな人なのに、めちゃくちゃ優しいよね。

……って、ちょっと待って。それよりも、十五位？

僕が十五位ってことはさ——。

「予選突破おめでとう！　七瀬くん!!」

立花さんに祝福されて、僕はようやく実感した。

そっか……そっか！　そうだよね！

僕は人生で初めて陸上の大会で予選を突破できたんだ!!

「やった！　やったぞぉぉぉぉぉ!!」

全力で叫んで喜んだ。周りの人たちからは明らかに変な目で見られている。

当然だ。だって、地方大会の予選をギリギリで通過しただけなんだから。

それでも僕にとっては、簡単には言葉にできないほど嬉しいことだったんだ。

「なんか七瀬くんの組が、速い人ばっかりだったみたいだね」

「うん、そうみたい。でも速い人ばっかりだったから、自己ベストを出せたのかも」

とにかく予選を突破できて、本当に嬉しい。

それも立花さんの前で達成できたから、もう果てしないくらい嬉しいよ。

「そうだ、七瀬くん。私が前から提案してた、勝利のポーズしようよ！」

「ええ、今するの？」

「今しないで、いつするのさ。ほら、一緒にポーズしよ！」

「立花《たちばな》さんもするんだね……」

それから僕たちは、立花さんが去年から考えてくれていた勝利のポーズを一緒にした。

腕はクロスして、右手は三本の指を立てて、左手は二本の指を立てる。

そんなポーズをして、僕たちは笑い合った。

他の人からしたら、予選を通過したくらいでバカみたいって思うかもしれない。

でも、僕にとってはとても幸せな時間だったんだ。

◇◇◇

「いやー。今日の七瀬《ななせ》くん、すっごくかっこよかったなぁ」

大会からの帰り道。夕陽《ゆうひ》に照らされながら歩いていると、隣の立花さんがそんなことを言ってくれた。

「でも、決勝ではボロ負けだったけどね」

「それでも予選突破したんだよ！　夢を叶《かな》えたんだよ！　かっこいいよ！」

立花さんはまるで自分のことみたいに喜んでくれて、それだけで僕はとても嬉《うれ》しくなる。

誰に何を言われるよりも、立花さんからの言葉が一番嬉しいんだ。

「立花さん。実は僕ね、また夢ができたんだ」

「えっ、そうなの！」

立花さんは笑顔を浮かべて、興味津々で訊《き》いてくれた。

そんな彼女に、僕は新しい夢のことを話したんだ。

「前にも言ったことなんだけど、僕は大人になっても——ううん、お爺《じい》ちゃんになっても死ぬまで走ることを続けたいんだ。それくらい走ることが大好きだから。これが僕の新しい夢だよ！」

話し終えると、立花さんは目をキラキラさせて、

「すごくいい夢だよ！　本当にすっごく良い夢！　もうね、めちゃくちゃ応援する！」

「立花さん……ありがとう！」

この夢を抱けたのは、間違いなく立花さんのおかげだ。

だって、夢は何個でも抱いたっていいって教わったから。

立花さんがいたから、僕はまた新しい夢を抱くことができた。

立花さんが傍《そば》にいてくれたら、僕の人生は絶対にもっともっと楽しくなる！

だから——。

「その……ねえ、立花さん」

「ん？　どうしたの？」

緊張した声で話しかけると、立花さんは少し不思議そうな顔をする。

僕はずっと前から自分の気持ちに気づいていた。そして、今日の大会で良い成績を残すことができたら、僕は気持ちを伝えようって決めていたんだ。

今年で、もう僕たちは中学校を卒業しちゃうから。

僕は緊張を抑えるように、拳を強く握りしめて、彼女に伝えたんだ。


「僕はね、立花《たちばな》さんのことが好きなんだ！」


刹那、立花さんは少しびっくりした表情をしていた。

たぶん僕の気持ちには気づいていなかったんじゃないかな。一年近く一緒に過ごして、彼女は恋愛に関しては、かなり勘が鈍いってことがわかったからね。

「立花さんはいつも明るくて、勇気が出る言葉も言ってくれて。陸上をやめずに済んだのも、今日みたいに小さいけど夢を叶《かな》えられたのも、全部立花さんのおかげなんだ」

立花さんが僕の人生を変えてくれた。

もし彼女がいなかったら、僕は陸上部を辞めて、今日は大会なんて出ずに家でダラダラ過ごしていたと思う。本当に全てが立花さんのおかげなんだ！

「だ、だからね……もう中学生活も残り少ないけど……それに、こんな僕でももし良かったら――！」

「私も七瀬《ななせ》くんが大好き！　だから七瀬くんの彼女にしてください！」

告白の途中、急に立花《たちばな》さんから抱きつかれて、さらには逆告白をされた。

——って、ええ!?

「ほ、本当？　いいの？」

「いま言ったじゃん！　私を彼女にしてって！」

立花さんは抱きついたまま、もう一度はっきりと伝えてくれる。

「やったぁぁぁぁぁぁぁぁぁぁ!!」

僕はめちゃくちゃ喜んだ。

立花さんに抱きつかれているのに、そのままガッツポーズもした。

ひょっとしたら予選突破した時よりも喜んじゃってるかもしれない。

「七瀬くん、喜びすぎだよ。さすがに恥ずかしくなってきちゃった」

僕から離れた立花さんは、頬《ほお》が朱に染まっていた。

絶対に夕陽《ゆうひ》のせいじゃない、というか、すごく可愛《かわい》い！　そう思うと同時に、さっきまで彼女に抱きつかれていたことを思い出して、僕も顔がものすごく熱くなってきた。

「あっ、七瀬くん。顔が赤いね！」

「そ、それは立花さんもでしょ！」

言い合って、二人ともまた照れた。

そのせいでちょっと沈黙が流れるけど、それもどこか心地よかった。

「でもあれだね！　また七瀬くんのおかげで『夢ノート』の願いが叶《かな》っちゃったよ！」

「えっ、それって……」

すると、立花さんはバッグから『夢ノート』を取り出して、とあるページを見せてくれた。……というか、今日も『夢ノート』を持ち歩いてたんだ。

「ほら！　ここ！」

彼女が示した場所には、当然ながら夢が書かれていた。

『大好きな人の彼女になること！』

それを見て、僕は少し恥ずかしくなるけど、嬉《うれ》しくもあった。

だって二回も、立花さんの夢を叶えることに役立てたんだから。

「ていうか、彼氏彼女になるなら、お互い名前で呼ばないとね。ユクエくん！」

「っ！　い、いきなり名前で呼ばないでよ。びっくりした……」

ものすごく心臓がドキドキしてる。

これから立花さんに名前で呼ばれ続けて、果たして僕は生きていけるのかな。

「はい！　次はユクエくんが私のことをライカって呼んでね！」

また名前で呼ばれてドキッとした。あとすごい注文も来た。

「その……ちゃんとか付けちゃダメなの？　立花さんはくん付けなのに？」

「ユクエくんはなんとなく、くん付けが似合うからいいの。でも、私は呼び捨てされたいんだよね！」

「ワガママだなぁ」

全く納得できないけど、立花《たちばな》さんがめっちゃ期待した瞳でこっちを見ている。

さ、さすがに断れない……。

「……イカ」

「イカ？　私は魚介類じゃないよ？　あとどっちかっていうとタコ派です！」

立花さんがめっちゃからかってくる。もう、調子に乗っちゃって──。

「ライカ！　これでいい？」

勢いで名前を呼んだら、立花さんはかぁーっと一気に顔が赤くなった。

まさかそんな反応するとは思わなくて、僕もめちゃくちゃ恥ずかしくなってしまう。

「そ、その……これから恋人としてよろしくね、ユクエくん」

「う、うん。よろしく、ライカ」

お互いものすごく照れ合いながら、握手をした。

そして、そのまま僕たちは手を繋《つな》いで帰ったんだ。

今日、二回目の幸せな時間だった。

こうして僕は立花さんと——ううん、ライカと付き合うことになった。

◇◇◇

ライカと付き合ってから、僕たちは今までよりも、もっと一緒に過ごすようになった。

休み時間は二人で話して、休日は動物園とか水族館とか行ってデートも沢山した。

ライカと一緒に過ごす時間は、とにかく幸せだった。

もちろん付き合う前までもすごく楽しかったけど、ライカも僕のことが好きなんだって思ったら、彼女が傍《そば》にいる間、ずっと心がポカポカするんだ。

好きな人が僕のことも好きでいてくれて、ずっと嬉《うれ》しいって気持ちで一杯になる。

そうしてライカと一緒に過ごす日々を送っていると、あっという間に月日は流れて——。

僕たちは卒業式の日を迎えた。


「ついに卒業しちゃったね～」

午前中に卒業式が終わると、その帰り道に僕たちは街を二人で一緒に歩いていた。

ライカは卒業しちゃったって言う割には、卒業証書が入った筒をポンポンと手の平に当てていて、笑顔だった。

ライカは学校の問題児で中二の途中までは隠れファンはいてもあまり友達がいなかったんだけど、実は思いやりのある人だって段々とみんなに理解されてからは、彼女にはかなりの友達ができた。

だから今日の卒業式だって色んな人と別れの挨拶をしていたんだけど、その間も今みたいにずっと笑顔だったのは、きっと彼女らしさなんだと思う。

たとえ寂しくても、彼女は笑って別れたいんだ。

一方、僕は部活の同級生の中の数人くらいしか友達らしい友達はいないから、彼らと顧問の先生にだけちゃんと挨拶をした。僕の場合は、少し泣いちゃった。

「そうだねライカ、卒業しちゃったね。来月からは僕たち二人とも高校生だ」

「ユクエくんが高校生って、なんか似合わないね」

「ええ、酷《ひど》いなぁ」

言葉を返すと、ライカはクスっと笑った。

「だから私が支えてあげなくちゃ！　ユクエくん、高校でもよろしくね！」

「うん！　よろしく！」

お互い笑って、言葉を交わした。

そう。僕たちは同じ高校に行くことになっている。二人とも別に行きたい高校とかはなくて、だったら一緒に通える高校にしようってなったんだ。

ちなみにお互いの両親は、僕たちの関係を知っていて、なんならお互いがお互いの両親に会ったこともある。しかも、関係はものすごく良好だ。

だから二人がそれぞれの両親に、二人で同じ高校に行きたいと話した時も、すんなり承諾された。おかげで僕たちは心置きなく、一緒の高校に行くことができるんだ。

まだ合格発表はされてないけど、僕たちの学力でかなり余裕がある高校を選んだから、まず間違いなく大丈夫！　もちろん、ライカの病気のことも考えて選んだよ。

「ユクエくんって高校生になっても、陸上部に入るんだよね？」

「もちろん！　僕の夢はお爺《じい》ちゃんになっても走ることを続けることだからね！　ライカも絵を描くことは続けるんでしょ？」

「もちのろん！　だよ！」

お互い大好きなことを続けると聞いて、僕たちは笑った。

高校生になっても、ライカと一緒なら楽しい毎日を送れそうだよ。

そう思っていたのに、ライカを見るとなぜか少し暗い表情になっていて、

「あの……ユクエくん。実はね、ユクエくんに言わなくちゃいけないことがあって」

「えっ、言わなくちゃいけないこと？」

急に言われて、びっくりする。

なんだろう？　もしかしてこの間のデートの時、僕のお弁当のおかずをこっそり盗み食

いしてたことかな。別に怒ってないけどなぁ……なんならちょっと可愛《かわい》かった。

「その……ユクエくんに言わなくちゃいけないことっていうのはね——」

ライカが少し緊張した声音で話そうとした時、違和感を感じた。

やたら車の音がうるさいような——。

「っ！」

気が付いたら、ライカの後ろで黒い車が猛スピードを出していた。

しかも、その車はどう見てもこっちに向かってきている。

僕だけだったら、ギリギリ避《よ》けられたかもしれない。

でも車に背を向けているライカは、絶対に無理だ。

あとは、考える前に体が勝手に動いた。


「ライカ!!」


僕は思い切りライカの体を押した。

そのせいでライカは倒れてしまうけど、これで良かった。

そうしたら、ライカだけでも助かるから。

大好きな人が無事なら、それだけでいいや。

迫りくる車を眺めながら、僕は心の底からそう思った。

そして——僕は車にはね飛ばされた。

◇◇◇

事故に遭った日の翌日。僕は病院で目を覚ました。

医者曰《いわ》く、派手な事故だった割には命に別状はなかったらしい。

僕はほっとすると同時に、すぐにライカ——一緒にいた女子のことを訊《き》いた。

すると、僕と運転手以外に事故に巻き込まれた人はいないらしく、なんなら運転手もかなりの軽傷で、ライカも病院には運ばれていないみたいだった。

それを聞いて、自分のことよりも遥《はる》かに安心した。

本当に良かった、ライカが無事で。

けれど次には、僕は医者から非情な通告を受けた。

僕はもう二度と走れなくなった。

なんでも事故の後遺症で、片足に重いダメージが残ってしまったみたい。

その影響で、走ると激痛に襲われるのだとか。

最初は冗談か何かだと思っていた。大げさに言ってるだけだって。

けれど、医者はそうだとは言ってくれなくて……両親に嘘《うそ》だよね？　って訊《たず》ねても黙るばかりで……。

それでようやく理解した。あぁ、僕はもう二度と走ることができないんだって。

大好きなことが、もうできなくなっちゃったんだって。

その日の夜は、死ぬほど泣いた。一生分泣いたかもしれない。

でも、泣きながらも思ったんだ。

もしいまの僕がライカなら──きっと前を向いて生きていくんじゃないかって。

大好きな人がそうするなら、僕も前を向かなくちゃいけないよね。

そう強く思って、泣きまくった翌日には、何か新しいことをしようって決めた。

いや、正直まだ引きずってはいたけど、ライカのおかげで自分の気持ちをある程度、整理することができたんだ。

そうして僕は何ヵ月か入院生活を送ったあと、ようやく退院した。

もう高校の授業はとっくに始まっていて、きっとクラスでグループとかもできているんだろうなぁ。まあ出遅れちゃったのは仕方ないし、僕のペースで頑張るしかないよね。

ちなみに僕もライカも星華《せいか》高校を受けていて、二人とも無事合格したらしい。

両親からそれを聞いて、二人とも合格するとは思っていたけど、それでも僕はすごく嬉《うれ》しかった。だって、またライカと沢山一緒に過ごせるんだって！

でも入院中、ライカがお見舞いに来ることは一回もなかった。

彼女はめちゃくちゃな人だけど、人一倍思いやりがあるから、事故のことで責任を感じているんだと思う。

だから退院したら、僕が迎えに行かないといけない、ってずっと思ってた。

両親からは、なぜか止《や》めた方がいいんじゃない、ってやんわりと言われたけど、どうして？　って疑問を抱いた。

もし大好きな人が困ったり苦しんでいたりしたら、それは助けるべきでしょ。

退院後、翌日に僕はライカの家に行った。すぐにでも、ライカに会いたかったから。

インターホンを鳴らすと、ライカのお母さんが出てくれた。

中学の時も何回か来たことがあるから、ライカのお母さんとはもう話し慣れている。

……でも、彼女はなぜか少し気まずそうだった。

ちょっと違和感を感じつつも、家には入れてくれたし、きっと勘違いだよね。

ライカはリビングにいると言われて、僕はライカのお母さんにちゃんと手土産を渡したあと、真っ先にリビングに行った。

何ヵ月ぶりだろう！　やっとライカに会える！

ワクワクしてリビングに入ると、ライカがソファに座っていた。

「ライカ！」

嬉《うれ》しすぎて、思わず名前を呼んじゃった。

直後、ライカはこっちを向いてくれたんだ。

ライカも喜んでくれるかな、それともやっぱり事故のことで悲しい顔をするのかな。

もしそうなったら、僕がちゃんとフォローしなくちゃ。

あれは君のせいじゃないって、僕が大好きな君を助けたくてしたことなんだって。

そんなことを考えながら、僕は彼女の言葉を待った。

すると——彼女は首を傾《かし》げながら言ったんだ。

「……君は誰ですか？」

◇◇◇

ライカは記憶喪失だった。

しかも、僕と関わった期間の記憶だけが全て失われていた。

証拠に、ライカに誰？　って訊《き》かれた僕が動揺して沢山話しかけてしまったら、ライカは急に頭を押さえて苦しみ出して、意識を失った。

そして翌日には、前日の僕と会った時とその前後の記憶だけがライカから消えていた。

このことは医者も、僕の両親も知っていて、でも僕のことを考えたら言い出せなかったらしい。気持ちはわかるから、僕はみんなを責めることはできなかった。

僕は最初、あの事故――僕が車にはねられてしまったから、その責任を感じてライカは記憶喪失になったと思っていた。

けれど後日、僕はライカのお母さんから説明を受けた。

ライカは僕が事故にあった時も、ひどく混乱していたけど、それでも記憶喪失の症状はなかった。むしろ目を覚ました時に傍《そば》にいてあげなくちゃ、と話していたらしい。

……でも僕がまだ意識が戻っていない間、ライカは僕の担当医と他の医者が話しているところを、うっかり聞いてしまったらしい。

――僕がもう二度と走れなくなってしまったことを。

それからライカはずっと自分のことを責め続けて、責め続けて、責め続けて――僕と関わった期間の記憶を全て消してしまった。

それだけ僕が大好きなことができなくなってしまったことに、耐えられなかったんだろう。それも少なくともライカは自分が原因だと思ってしまっているのだから、到底想像できないくらいの苦しさだ。

僕も、僕のせいでライカが絵を描けなくなったら、どうなってしまうかわからない。

だから、死にたいくらい悲しいけど、寂しいけど……もう仕方がないと思った。

僕がライカに関わらなければ、それだけで済む話だ。

実際、ライカのお母さんからも娘を助けてもらっておいて申し訳ないけど、ライカにはなるべく近づかないで欲しい、と言われた。

当たり前だよね。僕と話しただけで、倒れちゃうんだから。

ライカのお母さんはライカの転校も考えたけど、その説明をするにも最低でも事故のことは話さないといけなくて、それが原因でまた症状が悪化したりしたら困るから、転校することは断念したらしい。

当然ながら、ライカのお母さんは事故からライカを助けた僕に転校を要求することもしなかった。

だから、僕はライカと同じ高校には通うことができた。

でも彼女とは二度と関わることは許されない、地獄みたいな高校生活の始まりだった。

高校生活が始まって、最初はまるで機械のように過ごしていた。

ただ登校して、ただ授業を受けて、ただ帰る。

そうするだけの日々をずっと過ごしていた。

だって僕はもう走ることもできない、好きな人の傍《そば》にもいられない。

……何もできないから。

ライカとはクラスは別々で、たまに廊下ですれ違うこともあったけど、もちろん一切関わらなかった。

記憶喪失のせいなのか、ライカの雰囲気は少し変わっていた。

それでも友達はいるみたいで、楽しそうに過ごしているから、これでいい。

彼女と話したい、彼女と一緒にいたい。

そういう気持ちはまだあったけど、彼女が幸せならいいんだと本当に思ってもいた。

そうして、ただ学校と家を行き来する毎日を送っていたんだけど、ある日事件が起きた。


突如、校舎にグラフィティが描かれたんだ。


しかも、ものすごく可愛《かわい》い女性キャラクターだった。

みんなは誰の仕業なんだ、と大騒ぎだったけど、もちろん僕は犯人を知っていた。

こんなことをするのは、ライカしかいないから。

不思議なことに、その絵を観《み》て、僕は元気が湧いたんだ。

記憶を失っても、雰囲気が変わっても、ライカはあのライカのままなんだって。

だったら、そんな人を今でも好きな僕がこんな機械みたいな生活を送っていいのかって。

良くないよね。もし記憶を失う前のライカが、いまの僕を見たらものすごく怒るよ。

その時、ようやく僕は決心したんだ。

もし奇跡的にライカの記憶が戻った時に、彼女に自信を持って話せるような、そんな高校生活——ううん、人生にしようって！

ライカが描いた、たった一枚の絵だけで僕は迷うことなくそう思えたんだ。

以降、まず僕は明るく振舞うようにした。中学の時のライカのようにね。

みんなに挨拶をして、頑張って友達も沢山作って——でも、なぜか女子には全員に嫌われちゃったけど。たぶん勝手に校内イベントとかやっちゃったからかも。

そんな感じでハチャメチャに過ごしている中、僕は中学の頃、ライカに手先が器用だって褒められたことを思い出して、手芸をやり始めた。

そしたら結構楽しくなっちゃって、手芸はもちろん続けて、他にも手先を使うことに色々挑戦した。そうしたらアクセサリー作りがすごく良いなって思えて、アルバイトもするようになったんだ。

アルバイトで仕事をしたり、お店の雰囲気を感じたりするうちに、僕も将来、アクセサリーショップをやってみたい！　って思った。

新しい夢を抱いたんだ。

まあこの夢を抱いた理由は、他に一つだけ不純なものがあるけど。

夢を抱いてからは、ひたすらにアルバイトを頑張ったり、趣味で手芸も続けたりした。

とにかく大好きなことをやり続けたんだ。

こうして、僕はいつかライカに自慢できるくらいの高校生活を過ごしていた。

すると高校三年生になって、不幸なのか幸いなのか僕は初めてライカと同じクラスになった。もちろん僕はライカに関わらないようにした。

けれどある日、僕はクラスのみんなに挨拶しているうちに、うっかりライカにも挨拶しちゃった時があったんだ。

でも、ライカは特に苦しんだりも倒れたりもしなかった。

それどころか、小さい声だったけど普通に挨拶もしてくれた。

同時に、僕は悟ったんだ。

……あぁ、これはもう僕のことを完全に忘れちゃったんだって。

立花《たちばな》ライカの中にいる、七瀬《ななせ》ユクエは消えちゃったんだって。

正直、その場で泣きたくなるくらい、ものすごく悲しかったけど……でも、もう彼女が苦しむ心配がないなら、それが一番良いって思った。

元々、記憶が戻るなんて都合が良いこと、そんなに期待していたわけじゃなかったし、それにおかげでライカと挨拶くらいはできるようになったし……。

だから、僕は今までと変わらず高校生活を送った。

そんなある日のことだった。

その日は教室に作りかけのぬいぐるみを忘れちゃって、取りに戻ってたんだ。

無事ぬいぐるみは回収できたんだけど、ふと床にノートが落ちていることに気づいた。

きっと忘れて帰っちゃったんだろうと思って、表紙を見たけど名前は書いてなかった。

持ち主の席に置いておいてあげようと思ったのに、これじゃあわかんないな。

かといって、このまま放置するのも気が引けるので、申し訳ないと思いつつ、ノートの中に名前が書いてあるかもしれないから、開くことにした。

すると、ノートの中には沢山の可愛《かわい》い絵が描かれていた。

それだけで誰のノートかわかった。

――ライカのノートだ。

けれど、絵の一つ一つのすぐ横に彼女の名前とこれは……描いた年と日付？　が書いてあって、これなら僕じゃなくてもライカのノートだってわかる。

描いた年と日付を見るに、ノートに描かれている絵は、高校に入ってから――つまり、ライカが記憶を失って以降に描かれたものだった。

今までグラフィティに描かれた絵が全て、ノートにも描かれていて、きっとライカはこのノートからグラフィティにする絵を選んでいたんだ。

ライカの絵だから、僕は誰か来るかもしれないのにページをめくってじっくりと見てしまう。ライカの絵は、いつ見てもやっぱりとても可愛かった。

そして最後のページを見た時、僕は一瞬、信じられない気持ちになった。

けれど、何回見ても見間違いとかじゃなくて——。

僕は感情を抑えきれなくて、涙を流した。

だって、たったいま僕が見ているキャラクターの絵はね、ポーズをしていたんだ。

腕はクロスして、右手は三本の指を立てて、左手は二本の指を立てている。

そう。中学最後の陸上大会で、僕とライカが一緒にしたポーズだ。

それで、このノートはライカが記憶を失ってから描いたもの。

つまりね——。


ライカの中には、まだ僕が残っているんだ。

頭で覚えていなくても、まだどこかで僕のことを覚えてくれている。

彼女の中で、まだ僕という存在は消えちゃいないんだ。

それを理解したから、僕は涙をこらえることはできなかった。

さらには、まだチャンスがあるんだって思っちゃったから。

二年以上、僕はずっとライカには幸せでいて欲しいって思っていた。

もちろん、それは本心だよ。

でも……でもね、心のどこかではやっぱり思ってたんだ。

僕はライカと一緒にいたい！　大好きな人と一緒にいたい！

こんなにも好きな人を、諦めるなんてさ……そう簡単にできないよ。

——ごめんなさい。ライカのお母さん、お父さん。

この高校最後の一年間だけでいいです。ワガママなことをさせてください。

これでもしライカに何かあったら、僕を焼くなり煮るなり、針千本飲ますなり、本当になんでもしていいです。

だって、いましかないから。

いまライカの記憶が戻らなかったら、今度こそ二度と僕のことを思い出せなくなってしまうから。

だから——僕はライカの記憶を取り戻したい。

こんなことは最低なことだってわかってる。自分勝手だってわかってる。

それでも！　僕はライカに僕のことを思い出して欲しいんだ！

そして叶《かな》うなら、あの事故のことは君のせいじゃないって、ちゃんと話したい。

君が苦しむ必要なんてないんだって、伝えたい。

僕は改めて決意する。

高校最後の一年間で、僕はライカの記憶を取り戻す。

……でも、もしそれでもライカの記憶が戻らなかったら、きっぱりと諦める。

ライカの身に危険があった場合も、きっぱりと諦める。

もう二度と、ライカとは関わらない。

矛盾してるけど、僕だってライカが余計に苦しむところは見たくないから。

僕はカバンに入れていた使い捨てカメラを取り出して、ノートの写真を撮った。

使い捨てカメラは、アクセサリーのアイデアに役立つかもと思って、いつでも気になった景色とかを写真に撮れるように、普段から持ち歩いているんだ。

でも、今日ほどカメラを持ち歩いていて良かったと思うことはない。

きっと、いま撮った写真は必要になるから。

それからノートをライカの机の中に戻して、帰ろうとしていると――。

バンッ！

唐突に、教室の扉が開いた。まさかのライカだった。

ひょっとしたら、ノートを取りに戻ってきたのかもしれない。

彼女が来る前に、戻しておいて良かった……。

ライカは僕がいることに少し驚いたあと、自分の席へ移動する。

やっぱりノートを取りに戻ってきたんだ。

そんなライカを見るだけで、僕は心臓がドキドキする。ライカのことが好きっていう気持ちは、彼女の記憶がなくなってからも、一ミリも変わったことがない。

ごめんね、ライカ。

これから僕は君と一緒の時間を沢山過ごすために、めちゃくちゃなことをするかもしれない。しかも、君の記憶を取り戻したいっていう自分勝手な理由で。

一年間だけで、諦めるから。

君が危ない目に遭っても、諦めるから。

もしダメだったら、絶対に二度と近づかないから。

ただ、奇跡が起きて、ライカの記憶が戻ったら。

事故のことは君のせいじゃないって言わせて欲しい。

僕が走れなくなったからって、君が苦しむ必要はないんだよって伝えさせて欲しい。

そして——もう一度だけ、僕に大好きだと言って欲しいんだ。

第六章　ミィハー

星華祭《せいかさい》の終了後、体育館での事故のあと。

私を庇《かば》ったユクエくんは足を痛めたものの、大事には至らなかった。

証拠に、翌日には何もなかったかのように笑顔で登校してきた。

私は心底ほっとした。また私のせいで、ユクエくんが傷つかなくて良かったたって。

……でも、その日以降、私はユクエくんを段々と避けるようになった。

だって私はもう全て思い出したから。

これ以上、私が彼の近くにいたら、彼の人生を邪魔してしまう。それに走ることを——

ユクエくんが大好きなことを壊してしまった私が、もう傍《そば》にいていいわけがないんだ。

そうしてユクエくんを避け続けて、一ヵ月が経《た》った。


「立花《たちばな》さん、その……良かったら一緒に帰らない？」

ある日の放課後。教室でユクエくんがそう誘ってきた。正直、驚いた。

高校に入ってから一緒に帰ろうなんて、一回も言ってきたことなかったのに。

「よく考えたらさ、帰る方向は割と同じだし一緒に帰れるじゃんって思って」

「そ、そうだけど……ごめん。今日は未来《みく》ちゃんたちと一緒に帰るから」

そう答えると、ユクエくんは「……そっか」と残念そうに笑った。

心がチクッとした。……ダメだよ、私。もう彼の人生を邪魔しないためなんだから。

「なに言ってんのよ。あたしたちとはいつも帰ってるでしょ。だから今日は七瀬《ななせ》と一緒に帰ってやんなさい」

しかし、未来ちゃんが横からそんなことを言ってきた。星華祭《せいかさい》で私たちがデートしたことを知っている彼女は、きっと私とユクエくんをくっつかせたいんだろう。

でも未来ちゃん、本当に気持ちはありがたいけど、いまはいらないアシストかなぁ。

「未来ちゃんの言う通りだよ」「うんうん、言う通り」

詩織《しおり》ちゃんと凛《りん》ちゃんも、そんなことを言ってきた。まったくもう、三人とも揃《そろ》って。

「立花《たちばな》さん。葉月《はづき》さんたちもこう言っているみたいだし、どうかな?」

ユクエくんは少し自信なさそうに、もう一度、訊《き》いてきた。

中学生の時が特別暗かったわけじゃないけど、それでも高校生になった彼はだいぶ明るくなったり積極的になったなって思ってた。

それなのに、恋愛がちょっと消極的なのは全然変わってないんだから。

告白してきたのもすっごく遅かったし。まああれは陸上の大会のために、ものすごく頑張ってたからしょうがないけどさ……。

「……わかった。一緒に帰ろう」

結局、この場の空気に逆らうことはできず、私は渋々頷《うなず》くしかなかった。

◇◇◇

「なんかさ、こうやってゆっくり話すの久しぶりだよね」

街を一緒に歩いていると、隣にいるユクエくんから言われた。

少し寂しそうにも聞こえた。

「……そうだね。ちょっと私が忙しくて」

「忙しいの？」

「うん、だって受験が近いから、沢山勉強しなくちゃいけないし」

「それは……そうだよね」

私の言葉に、ユクエくんは納得できないけど受け入れるしかない様子だった。

きっと私が嘘《うそ》をついてるって、わかっているんじゃないかな。

加えて、記憶が戻ったことまでは気づいていないだろうけど、私が何か隠し事をしているんじゃないかとは感じていると思う。

「でも今日は本当に良かった！　立花さんと二人で話せてさ！」

ユクエくんが嬉《うれ》しそうに笑って、私は胸がズキッとした。

私は、彼からこんな笑顔を向けられていい人じゃないのに。

「よーし！　ずっと話せなかった分、今日は沢山話すぞ！」

「なにそれ、気合入れすぎだよ」

ユクエくんがガッツポーズをすると、私もつい笑っちゃった。

こんなこと思っちゃダメだけど、やっぱりユクエくんと一緒にいるのは楽しいよ。

中学の時からずっとね。

それから私たちは他愛《たあい》のない会話をした。時にはからかったり、笑い合ったりした。

たったそれだけなのに、私にとってはすごく幸せな時間だった。

そして、私は最低にも思ってしまったんだ。

——この先もずっと、このままだったらいいのに。


「あっ、信号が点滅してる」

二人で喋《しゃべ》りながら楽しく歩いていると、ユクエくんが目の前の信号を見ていた。

確かに点滅しているけど、次の青信号まで待たなくちゃ。

だって……ユクエくんはもう走れないんだから。

「立花《たちばな》さん、早く渡っちゃおう！」

不意に、ユクエくんが私の腕を引っ張って横断歩道を渡ろうとしていた。

その行動に驚いて、私は動揺する。

えっ、なんで走ろうとしてるの？　ユクエくんはもう走れないのに？

もしかして治った？　いや体育館での事故の時は、どう見ても治ってなかった。

――このままじゃ、まずい！


「ユクエくん！　待って！」


私は強くユクエくんの腕を引っ張って止めた。

おかげで、ようやく彼は止まってくれたけど……同時に、自分の失態に気づいた。

私、いまなんて言った？　咄嗟《とっさ》にユクエくんって言っちゃった？

ど、どうしよう……これじゃあ私の記憶が戻ったってバレちゃ――。

「ごめん、立花さん――ううん、ライカ」

ユクエくんが謝ってから、私の名前を呼んだ。

そのせいで頭の中はパニックになってしまって、言葉が出てこない。

すると、ユクエくんは少し申し訳なさそうな表情を見せた。

「僕ね、ちょっと君を騙《だま》しちゃった」

「騙《だま》した……？」

「うん、そうだよ。いま走ろうとしたのは、わざとなんだ」

私はさらにパニックになる。わざとって……ど、どうしてそんなことを？

「本当はね、体育館での事故のあと、なんとなく気づいていたんだ。ライカの記憶が戻ったんじゃないかって」

「えっ……嘘《うそ》。な、なんで……？」

私はいくらユクエくんでも、さすがに記憶が戻ったことは気づいていないと思ってた。避けていたとはいえ、別に彼のことを露骨に無視していたわけじゃないし、記憶が戻ったような素振りだって一切していない。

けれど、ユクエくんはまるで当然かのように答えたんだ。


「そりゃわかるよ。大好きな人のことだからね」

ユクエくんは笑いながら、泣いていた。溢《あふ》れるほどの涙だった。

それだけで、私のことをどれだけ想《おも》ってくれていたのかわかった。

きっと彼は、私が記憶を失ってからもずっと……本当にずっと私のことを想い続けてくれていたんだ。それがわかった瞬間、私も泣きたくなるほど嬉《うれ》しかった。

大好きな人が、こんなにも長い間、私のことを想ってくれていたなんて。
……でも。
「ごめんなさい!!」
私は謝ると、その場から逃げるように走った。
「ライカ！　ちょっと待って！　君に話したいことが──」
後ろからユクエくんの声が聞こえてくる。けど、それが近づいてくることはない。
彼はもう走れないから。
私のせいだ。私のせいで彼は大好きなことができなくなってしまった。
それなのに、私が彼の傍《そば》にいる資格なんてあるはずない！
遅いんだ……もう、何もかも遅いんだよ。
ユクエくんの夢を壊したのも私、ユクエくんの大事な高校生活を台無しにしたのも私、
ユクエくんにずっと苦しい想いをさせたのも私。
全部、私のせい!!　……私がユクエくんの全てをダメにしちゃったんだよ。

◇◇◇

ユクエくんに記憶が戻ったことを知られて以降。

私は一切、学校に行けなくなってしまった。

到底、ユクエくんに合わせる顔がないからっていうのもあるし。

それ以上にユクエくんと会うのが、ものすごく恐《こわ》いから。

私のせいで、もしまた何かあったらどうしようって、恐くてたまらないんだ。

ゆえに、私はずっと家に引きこもり続けた。

私のせいで、大好きな人が二度と傷つかないように。

幸い、卒業に必要な単位は既に取得してるから、このまま授業を休み続ける分には、卒業に支障はない。そもそも受験が近い高校三年生は、そろそろ自由登校になるし。

ただし、期末試験と受験の日だけは家から出なくちゃいけなかった。

さすがにこの二つは休むわけにはいかないから。

とりあえず日程が先の期末試験の日まで、私は家の中に閉じこもっていた。

その間、ユクエくんは頻繁に私の家に来ていた。

けれど、居留守を使うか、もしくはインターホンにはお母さんが出て、帰って欲しいと伝えてもらった。未来《みく》ちゃんたちも来てくれたけど、彼女たちとちゃんと話せるような状態じゃないから同じようにした。

ちなみに両親は、私が不登校であることに、特に何も言ってこなかった。

きっと私の記憶が戻ったことに、気づいているからだろう。

それからも私は外に出ない日々が続いて、その間に勉強はしていたけど、空いた時間についい見てしまったんだ。

中学時代の私が作った『夢ノート』。

ユクエくんとの思い出が込められているノートだ。

普段、使われていない部屋のクローゼットの奥っていう、いかにも隠し物がありそうなところにあったから、探そうと思えば見つけるのは簡単だった。

私の記憶が戻らないように、両親が隠したんだろう。

『夢ノート』を開いてみると、そこには本当に沢山の夢が書いてあって、百個は間違いなくある。そして叶《かな》えた夢には、傍《そば》に花丸がついていた。

『私の絵を誰かに褒めてもらうこと』

『大好きな人の彼女になること！』

もちろんユクエくんに叶えてもらった夢にも、花丸がついている。

よほど嬉《うれ》しかったのか他の叶えた夢と違って、それぞれに十個くらい花丸がついていた。

きっと、この時の私は思いもしなかっただろうな。

これから大好きな人の夢を壊してしまうことになるなんて。

続けて、ぼんやりと『夢ノート』を読んでいくと、気になった夢を見つけた。

花丸がついていない夢。でも、それは既に叶えていた夢だった。

『沢山の人の前で絵を描くこと』

……あぁ、そっか。ユクエくんはこれを覚えていて、夏休みや星華祭《せいかさい》でグラフィティを描かせようとしてくれたんだ。この夢を書いたことなんて、私は忘れていたのに……。

ユクエくんに訊《き》いても、違うとか、私に記憶を取り戻してもらうためとか、言うのかもしれないけど、ユクエくんはいつだって私のことを考えてくれる。

私に記憶を取り戻して欲しくて、高校三年生になってからよく一緒にいてくれたのかもしれない。

だけど、それでもきっと記憶がなくなった私の夢も叶《かな》えようとしてくれていたんだ。

ユクエくんはそういう人だから。

もう……もうさ——全部やり直せたらいいのに。


期末試験の日。私は誰にも見られないように遅刻気味に登校して、そのまま保健室へ行った。体調が悪いフリをして、保健室で試験を受けさせてもらうためだ。

別に体調は悪くなかったけど、私に元気が感じられないからか、保健室で試験を受けることはすんなりと承諾された。心配かけるからクラスメイトたちには内緒にして欲しい、と担任の先生に頼んだら、それも了承してくれた。

そして、期末試験は二日あったんだけど、二日間とも同じ方法で試験を全て終えて、また私は引きこもろうと、一人で学校から帰っていると——。

「ライカ、待ちなさい！」

あまり人気《ひとけ》のない道で、不意に名前を呼ばれた。

すぐに振り向くと、なんとそこには未来《みく》ちゃんがいた。

走ってきたのか、息を切らして両膝に手をついている。

「み、未来ちゃん……」

私は驚いて動くことができなかった。

「ど、どうして、ここにいるの？」

「近くで詩織《しおり》たちと一緒にどこかで勉強しようって話してたら、偶然ライカの姿が見えて」

詩織ちゃんたちの名前が出て、私は急いで周りを見回す。

「安心して。詩織たちには黙って来たから」

「そ、そうなんだ……」

私は少し安心する。……でも二人よりも親友の未来ちゃんの方が、私は会いたくなかった。いまの私の姿を見せたくないから。

「あなた、今までどうして学校に来なかったの？　それに今日も学校に来たのかもしれないけど教室にはいなかったし、保健室で試験を受けたの？」

「う、うん。そうだよ……じゃあ、私はこれで」

「ちょっと待ちなさいよ！」

私が離れようとすると、未来《みく》ちゃんは少し強く私の腕を掴《つか》んできた。

「何かあったんでしょ。あたしに話してよ」

「……別に何もないよ」

「嘘《うそ》よ！　だって七瀬《ななせ》から聞いたもの！」

それを聞いて、逆に私は未来ちゃんに迫った。

「なにそれ。ユクエくんが何か話したの？」

「そ、その……あたしが強引に聞いたのよ。ライカが休んでからずっと様子がおかしかったからね。だから、あいつは悪くないわ」

急に態度を変えたからか、未来ちゃんは少し怯《ひる》んだ様子で答えた。

そうだよね。ユクエくんが誰かに言いふらしたりするはずないよね。

いきなりユクエくんから聞いた、とか言われたから、ちょっと動揺しちゃった……。

「あたしが聞いたのはライカの記憶が戻ったってことだけ。それ以外は何も聞いてないわ」

「……そっか」

じゃあ未来ちゃんは、ほとんどのことは知らないんだ。

私がユクエくんの夢を壊しちゃったことも。

「でもね、あたしわかっちゃった。ライカと七瀬は過去に付き合ってたんじゃない？」

「えっ、な、なんで？」

未来ちゃんに言われて、私はびっくりする。

ユクエくんと恋人だったなんて、一言も言ってないのに。

「さっきライカが七瀬のことをユクエくんって言ってたでしょ。だからよ」

「た、確かに……うっかり言っちゃってた」

「あたしの親友は、おっちょこちょいね」

そう言って、未来ちゃんは微笑《ほほえ》んだ。

「あなたが好きな七瀬がずっと心配してるわよ。会ってあげないの？」

「……無理だよ。もう会えない」

「じゃあライカは、もう七瀬とは会いたくないってこと？」

そう訊《き》かれて、私は言葉に詰まる。すると、未来ちゃんは小さくため息をついた。

「あなたって、最初に出会った頃は無敵って感じだったのに、意外と気弱なのね」

「最初に出会った頃？」

私と未来ちゃんが最初に出会ったのは、入学式の日の教室だったはず。

席が隣同士で、未来ちゃんが声をかけてくれて――いや違う。

「もしかして、それも忘れてたの？」

「……そうみたい」

「みたいって、なによそれ」

未来《みく》ちゃんは不服そうな顔をする。……たったいま私は思い出した。

未来ちゃんと初めて出会ったのは、入学式の日じゃなくて、受験の日だ。

たまたま試験を受ける席が隣で、試験前に未来ちゃんのことを美人だなぁ、とか呑気《のんき》に眺めていたら、彼女はすごく緊張していたんだ。

だから私は初対面でいきなり面白トークを披露したんだけど……ものすごくつまらないって返されたんだ。めっちゃショックで、おかげで受験が終わったあとも未来ちゃんの名前と容姿が、ばっちり頭の中に残っていた。

「あの時、ライカが意味のわからない話をしてくれたおかげで、緊張が和らいでね、いつも通りに試験を受けることができたのよ」

「そ、そうだったんだ。つまらないって言われたから、私は普通に傷ついたけど」

「だって、つまらなかったのは本当のことだもの」

未来ちゃんはそう言って笑った。……でも受験を終えてから、ユクエくんの事故のことがあって、私は記憶喪失になって、彼女と最初に出会った時のことも忘れちゃったんだ。

「入学式の日、ライカとまた会って、記憶喪失のせいなのか、ちょっと雰囲気が違うことに戸惑いはしたけど、それでも根の部分は変わってないように見えたし、だからあたしは絶対にあなたと友達になろうって思ったの」

未来ちゃんが明かしてくれて、私はようやく納得した。

人気者の未来ちゃんが、ずっと私なんかと仲良くしてくれることを不思議に思っていたけど……そういうことだったんだね。

未来ちゃんと仲良くして、私ばっかり良い思いをして気にしていたけど、記憶を失う前とはいえ、少しでも彼女の手助けになっていたことに正直、安心した。

「聞きなさい、ライカ。あなたはあたしが認めた親友なのよ。だから後悔するような生き方は絶対に許さないわ」

「許さないって……そんなことを言われても、どうすればいいの？」

未来ちゃんは事情を知らないだろうけど、私は取り返しようのないことをしてしまったんだ。だから、どうしたって私は――。

「簡単よ。自分の気持ちに素直になりなさい」

その言葉を、未来ちゃんは簡単に言ってのけた。

事情を知らないとはいえ、さすがに私はちょっとムカついてしまった。

「無理だよ。そんなことをしたらまた迷惑をかけちゃう」

「迷惑って、それって七瀬《ななせ》にってこと？　七瀬がそう言ったの？」

「い、言ってないけど……」

「じゃあちゃんと話しなさい。話さないと相手がどう思っているのかなんてわからないわ」

未来《みく》ちゃんは正論をズバッと言ってくる。彼女の言葉は正しい。正しいけど……正しいことをすれば何でも解決できるわけじゃないんだよ。

「あのねライカ。あなたが思っている以上に、みんなはあなたを大切に想《おも》っているのよ」

不意に未来ちゃんに告げられた。

「そ、そんなこと……」

「そんなことあるのよ。だからね、あなたが傷ついたら誰かも傷つくの。もちろんあたしも傷つくし、きっと七瀬《ななせ》だって傷つくと思うわ」

未来ちゃんは優しい声で、ちゃんと私に届くように伝えてくれた。

あたしが傷ついたら、ユクエくんも傷つく……。

「あたしはライカの過去のことはよく知らないけど、やっぱりあなたは一回、七瀬と話すべきだと思う。そのあとは全部あなたが決めなさい」

「……全部、私が決めるの？」

「そうよ。ライカの人生は全てライカのものなんだから。たとえどれだけ恐《こわ》くても、どんなことにもちゃんと向き合って、あなたが全部決めなくちゃいけないのよ」

未来ちゃんは真剣な表情で、私に伝えてくれた。

けれど、次に彼女はこうも話してくれたんだ。

「安心しなさい。どんなことになっても、あたしはこの先もずっとライカの親友だから」

未来ちゃんはまた柔らかい声音で伝えてくれて、微笑《ほほえ》んでくれた。

私の親友は、どうしてこんなにも優しいんだろう。……ううん、彼女だけじゃない。

私の周りには、どうしてこんなにも優しい人が沢山いるんだろう。

おかげで、私は決心することができた。

「……そうだね。恐くても、ちゃんと向き合って、自分で決めなくちゃダメだよね」

そうするためには、家に引きこもって逃げてちゃダメだ。

ユクエくんと話さなくちゃ。

そこまでやって私が彼の傍《そば》にいちゃダメだって思ったら、ちゃんと自分で決めよう。

でも、もし私自身も彼の傍にいることを許すことができて、ユクエくんも許してくれるなら——。

「未来ちゃん。私、ユクエくんと話すね」

「ええ、そうした方がきっとライカはすっきりするわ。七瀬のことはどうでもいいけど」

未来ちゃんは最後の言葉を、つまらなそうな顔をして言った。

相変わらず、ユクエくんには辛辣だなぁ。

「ライカ、頑張りなさい」

未来ちゃんがぽんぽんと頭に手を乗せて、励ましてくれた。

それに私は心配をかけないように、はっきりと言葉を返したんだ。

「うん、すごく頑張る」

未来《みく》ちゃんと別れたあと、私は帰宅した。

すると、ポストに一通の手紙があった。私宛ての手紙で、差出人はユクエくんだった。

読んでみると、私の病気のことを配慮した短い文章で、心配の言葉が書かれていた。彼に迷惑をかけてばかりのくせに、それでも嬉《うれ》しく思ってしまう私は、心底自分に呆《あき》れてしまう。そして手紙の最後には、こう書かれていた。

『卒業式の日、ずっと僕はライカを待ってる。どうしても君に伝えたいことがあるんだ』

うん、わかったよ。私もユクエくんと話すよ。

君と、君を傷つけてしまった私自身と、ちゃんと向き合うために。

◇◇◇

未来ちゃんと話した日のあと。まずは受験があるから、そのための勉強をする日々を送った。そして、受験当日は少し緊張したけど、割と自分の力を出せたと思う。

私の病気のこともあって、公立も滑り止めの私立も、理系科目の点数配分が高い大学を受けたってことも大きいかも。一応、公立も受けたけど、点数配分が低いとはいえ、どうしても文系科目の点数が影響しちゃうし、高校受験と違って一般入試には内申点が使えないから、受かってないかもしれない。

でも正直、大学は受かればどこでも良かった。特に行きたい大学とかないし。

それから日が経《た》って、いよいよ卒業式の日を迎えた。

私とユクエくんの、これからを決める日を迎えたんだ。


「いやぁ、感動的で良い卒業式だったね」

卒業式を終えたあと、私とユクエくんは二人で話すために、一緒に帰っていた。

隣を歩く彼は卒業証書が入った筒をポンポンと手の平に当てていて、笑顔だ。

卒業式の彼も、泣いていた友達から話しかけられても、終始笑っていた。

中学の頃の私みたいだった。

ひょっとして、彼は私みたいに生きようとしてくれているのかな？

中学とは少し雰囲気が変わったのも、それが理由？　もしそうでも全然嫌じゃないし、むしろ少しでもユクエくんの人生に役に立てているのなら嬉しかった。

ちなみに私は卒業式で、普通にすごく泣いちゃった。

未来ちゃんや詩織《しおり》ちゃんたちともう同じ学校じゃなくなるって実感したら、涙が止まらなかった。未来ちゃんたちも、私と同じようにめっちゃ泣いていた。

特に未来《みく》ちゃんは大号泣だった。

その時、彼女の親友で本当に良かったって改めて思ったんだ。

「良かった。今日は来てくれて」

ユクエくんはこっちを向いて、そう言ってくれる。

「うん。だって、ユクエくんとちゃんと話そうって決めたから」

「そっか。……あのさ、話す前にちょっと寄り道してもいいかな？」

「寄り道？　……いいけど」

私が頷《うなず》くと、ユクエくんは私の手を優しく引っ張った。

ひょっとしたら、私が逃げるかもって思ってるのかな。

大丈夫だよ、ユクエくん。

今日で全部決めて、全部終わらせるために来たんだから。

◇◇◇

「っ！　ここって……」

ユクエくんに手を引かれたまま、歩いていくと、とある場所についた。

そこは——ユクエくんが事故に遭った場所だった。

「おっと、逃げちゃダメだよ」

一目散に逃げようとする私を、ユクエくんは止めた。このために手を握っていたんだ。

「な、なにを考えてるの？　こんなところに連れてくるなんて……」

「ここでライカと話すためだよ」

「話すって……」

どうしてそんなことをするのか理解できなかった。

そもそも、こんなところでまともに話すことなんてできるわけない。

「この場所は、二人にとって最悪の場所でしょ？　だから、今日はその最悪な場所を上書きしたいんだ」

「上書き？」

ますます意味がわからなかった。……けれどユクエくんの目は真剣で、きっとどうしてもこの場所じゃないといけない理由があるんだって感じた。

それなら彼が後悔しないように、この場所で話すべきだと思ったんだ。

「……わかった。ここで話そう」

「ありがとう、ライカ」

ユクエくんは申し訳なさそうな表情を見せる。

少し暗くなってきて、ちょっとずつ人通りが増えてきた中、私たちの今後を決める話し合いが始まった。

「僕はね、あの日ライカを助けたことを後悔なんて一度もしてないよ。本当に君が無事で良かったって思ってるんだ」

「それでも私はユクエくんを走れない体にしちゃった。私がユクエくんの夢を壊しちゃったんだよ」

私がいなければ、今でも彼は全力で走ることができていた。高校でも陸上部に入ることができたし、きっと大人になっても、お爺《じい》ちゃんになっても走ることができたんだ。

「……それはそうかもしれない」

「そうでしょ。だからもう、私はユクエくんとは――」

「でもね！」

言葉の途中、ユクエくんが強く声を上げた。

そのせいで周りの人がチラチラ見てくるけど、ユクエくんは構わず話し続けた。

「僕には新しい夢ができたんだ。アクセサリーショップを開きたいっていう夢。それはライカがいたから抱けた夢なんだよ」

「私がいたから……？」

「だって、夢は何個でも抱いたっていいんでしょ？」

それは私が中学の頃、ユクエくんに向けて言った言葉だった。

どんな夢でも自分が夢だと思えばそれは夢で、夢は何個でも抱いてもいいんだって。

夢が沢山あった方が、絶対に人生楽しいって。

「君の言葉に、僕はいつも救われている。いつも勇気づけられている。そんな君だから僕は君を助けたことを後悔していないし、この先も絶対に後悔しない」

ユクエくんの言葉を聞いて、私は涙をこらえるのに必死だった。

私が言ったことを、彼がこんなにも大切にしてくれていることが、すごく嬉《うれ》しかった。

「今さら言う必要はないかもしれないけど、今でも……ううん、中学の時からずっと──」

そしてユクエくんは、初めて伝えてくれた時のようにちょっと緊張しながら、改めて伝えてくれたんだ。


「僕はライカのことが大好きなんだ」

私は泣いてしまった。もう大泣きだ。

だって、また彼から大好きなんて言ってもらえるなんて思わなくて。

「わかったでしょ？　僕はあの事故のことは後悔してないって。だから、もうライカも自分を責める必要はないんだよ」

泣き続ける私に、ユクエくんは優しく言ってくれる。

そうだね。もう私は自分を責める必要なんてないのかもしれない。

このまま、またユクエくんと一緒に過ごせるようになったら、絶対に幸せだ。

……でもね、ダメなんだよ。

「ごめん、ユクエくん。やっぱり私はユクエくんとは一緒にいられない」

私が謝ると、ユクエくんは明らかに動揺していた。

「どうして……？」

「だって中学の頃、私がユクエくんに沢山の言葉を伝えられたのは、ユクエくんのおかげだから」

そう答えても、ユクエくんは私の言葉を理解できていない様子だった。

そうだよね、よくわかんないよね。

だから、私は話したんだ。

どうして私が中学の頃、問題児になったのか――。


中学一年生の頃。私は何に対してもやる気が出なかった。

女優になるって夢は諦めてしまったけど、他に何かしようって思えなかったんだ。

友達作りも、勉強も、何もかもが面倒だった。

そもそも夢を追ってばかりだった私は、コミュニケーションは上手《うま》くないし、元々頭も良くないし、運動神経もダメダメだから、どうせ何かを頑張ったところで結果はついてこないとも感じていた。

そんな風にして、ただ一日を過ごす日々が続いてしまい中学最初の一年間は終わった。

中学二年生になっても、どうせ同じような毎日を送るんだって思っていた。

——けれど、ある日の朝。

たまたま早起きしちゃったから、なんとなく早めに学校に行っただけだった。

すると廊下の窓から、グラウンドで一人でひたすら走っている男子生徒を見つけた。

こんな時間に練習するんだから、きっと陸上部なんだろう。

彼が走っているのは短距離で、何本もスタートしてはゴールして、スタートしてはゴールして……どんだけ走るんだよってくらい走っていた。

しかも男子の足の速さのことは、あんまりわからないけど、それでも彼の足はそんなに速くないんだろうなって思った。

足が遅いのに、なんであんなに沢山走るんだろう。

疑問に思ったけど——でも、必死に頑張っている姿は正直良いなって思ったんだ。

それから私は毎朝、早く学校に行って彼が走っている姿を眺めるようになった。

どうせ話す友達もいないからね。

彼は毎日欠かさず走っていて、たとえ大雨の日でも走っていた。

私もそんな彼の姿をずっと見続けて――いつしか応援するようになっていた。

頑張れ！　頑張れ！　って。

そうやって毎日こっそりエールを送るうちに、私は思ったんだ。

彼はあんなにも必死に頑張っているのに、私は何をしているんだろう。

足が遅くても、毎日、雨の日でも走り続けている彼と比べて、私は何も頑張らずに何もしていない。

自分が恥ずかしいと思った。

たった一回、夢がダメになったくらいで、全部が面倒になったなんて。

もしも彼と話す機会が訪れたとして、そんなバカなことをいまも必死に頑張っている彼の前で言えるだろうか。……口が裂けても言えないよね。

――私も頑張ろう。

何を頑張るかは、まだ決めていない。でも、とにかく頑張ろうって思ったんだ。

どんな時でも、ずっと走り続けている彼のおかげで。

そうして私はまずコミュニケーションを取るようにした。最初は上手《うま》くいかなかったけど、するとと、色んな人に頑張って話しかけていたら、何人かと友達になることができた。

すると、徐々に私自身が明るく振舞えるようにもなったんだ。

勉強も、文系科目は難しいけど、英語と理系科目は頑張るようにした。

あとは他にも頑張ることを決めるために、色んな本を買ってみた。

といっても、文字が沢山あると困るから、写真が多めのやつ。

それで色んな本を読んでみたら、一個気になるものを見つけたんだ。

――グラフィティ。

主にスプレーやマーカーで壁に描いた絵のこと。

さすがに壁に描いたら違法みたいだから壁には描かないけど、こんな絵を描けるようになりたいって思ったんだ。

だから早速、私は紙に描いてグラフィティの練習をした。

運が良いことに、カラースプレーもマーカーも、趣味で模型作りをやっているお父さんが持っていたからね。

自分でも驚くことに、ちゃんとやれば私は絵を描くことが結構得意だったみたいで、グラフィティも練習したら、どんどん上手く描けるようになっていった。

だから、紙に描いた私のグラフィティを誰もいない間に、校内の適当な壁に貼り付けて、偶然通りかかった人たちの反応を見たりとかもした。

すると「なにこれ面白い！」とか「可愛《かわい》い絵だ！」とか、私のグラフィティで喜んでくれる人が沢山いて、そんな人たちをこっそり眺めていた私はもっと嬉《うれ》しくなった。

私はそれからも校内にグラフィティを貼り続けていたら、校内でも良い意味では、ちょっと話題に、悪い意味では、ちょっとした騒ぎになっていた。

そうするうちに私はグラフィティ以外の絵にも挑戦してみたりして、絵を描くこと自体が大好きになっていったんだ。

そんな時だった。

頑張っていた彼が陸上部の顧問の二人と話しているところに、私は遭遇した。

グラフィティを描くようになってからも、毎日、彼が走っているところは眺めていた。

彼が頑張っている姿を見るだけで、私はもっと頑張れるから。

「その……七瀬《ななせ》。陸上部、楽しいか？」

「えっ、楽しいですよ」

一人の顧問の問いに、彼——七瀬くんは当然のように答えた。少し嫌な予感がした。

「でもあれだぞ。その……他の部活とか、別のことをしたっていいんだぞ。ほら、走ること以外にも好きなことが見つかるかもしれないし」

続けて、もう一人の顧問もそんなことを言った。

「僕は走ることが一番好きなので、陸上部にいますよ」

でも躊躇《ためら》いもなく言い切って、七瀬くんはその場を去った。

顧問たちは、ちょっとため息をついていた。

別に二人に悪気があったような感じはなかった。ただ七瀬くんがこのまま陸上部を続けても、きっと良い成績は残せないから、彼のために言ったように思えた。

怒りが湧いた。

苦手だからって、好きなことをやめさせていいの？　そんなわけないでしょ。あれだけ毎日走って頑張っているのに、向いてないからやめたら？　なんて、そんなこと言っていいはずがない。

顧問なら応援してあげるべきなんじゃないの？

彼の頑張りを見て、なんとも思わないの？

そんなことを考えたら、私はいてもたってもいられなくなった。

気が付いたら――校舎の壁にグラフィティを描いていた。

ただの反抗だった。

さっきの顧問たちもそうだし、彼のことを応援しない全てに対しての反抗。

要するに、私のワガママだ。

その後も私が描いたってバレないように、校舎にグラフィティを描き続けた。

同時に、もう一つの反抗として、私は生徒たちを巻き込んでゲリライベントとかもやってやった。本当はこんなことできるタイプじゃないけど、勢いでやってやった。

歪《ゆが》んでいるかもしれないけど、全て彼のためにやったことだった。

そんなことをしていたら、私はいつの間にか問題児になっていたんだ。

――でも問題児でも悪くなかった。むしろ毎日が楽しかった。

夢を諦めて何一つやる気になれなかった頃の私より、自分がやりたいことを全力でできる、いまの私の方が、私はものすごく好きだから。

そんな私になれたから、きっとあの日、グラフィティを描いていた私の下に、ユクエくんが現れたんだ。

「つまりね、ユクエくんが好きになってくれた私は、ユクエくんのおかげで生まれたんだよ。ユクエくんがいたから、私はユクエくんに沢山の言葉を伝えることができたの」

どんな夢でも自分が夢だと思えばそれは夢なんだ。

夢は何個でも抱いたっていいんだ。

夢が沢山あった方が、絶対に人生楽しいんだ。

これ以外の言葉も全部、ユクエくんのおかげで私自身が変われたから、私はユクエくんに伝えることができた。

「だからね、私は本当の意味ではユクエくんに何もあげられてないんだよ」

励まされているのは、もらってばかりいるのは、いつも私の方だ。

ずっと昔から、私はユクエくんに勇気をもらってきた。

でも——私は何もあげることができていない。

それどころか、彼の夢を壊しちゃって……。

「そんな私はもう……ユクエくんの傍《そば》にいる資格ないの」

消え入りそうな声で、私はユクエくんに伝えた。……なんとなくわかってた。どんな話をしても、たぶん私は私を許すことができないんだろうなって。

「そんなことないって……言っても、ライカは聞いてくれなそうだね」

「……うん、ごめん」

私は謝ることしかできない。……もう全て終わりだね。

——けれど、ユクエくんは。

「じゃあさ、これから僕にくれないかな」

急な言葉に、私は頭がついていかなかった。

それを察したユクエくんは、ゆっくりと優しい口調で話し始める。

「僕の夢はアクセサリーショップを開くこと——なんだけど、実はね、これは少し間違っているんだ」

夏休み、まだ私の記憶が戻っていない時から彼の夢は聞いていた。

……でも、少し間違っているって。

どういうことか戸惑っていると、ユクエくんは改めて、彼の夢を口にしたんだ。

「本当の僕の夢はね、ライカと一緒にアクセサリーショップを開くことだよ」

その夢を聞いて、私は何も言葉にできなかった。

まさかユクエくんの夢の中に、私がいるなんて思わなかったから。

「君がアクセサリーのデザインをして、僕がそれを作るんだ」

ユクエくんは楽しそうに語った。

私は想像してみる。

私がデザインを考えて、ユクエくんがアクセサリーを作って、それをお客さんが喜んでくれる。そして、いつもユクエくんが傍《そば》にいてくれる。

すっごく幸せだ！　って思った。

「これなら僕もライカも大好きなことが毎日できるし……その、自分で言うのも恥ずかしいけど、お互い大好きな人と毎日一緒に過ごせるかなって思うんだけど」

ユクエくんは少し顔を赤くするけど、そのまま話を続けた。

「君が僕に何もあげられていないって言うなら、これから僕に何かをくれたらいいなって」

「で、でも……」

ユクエくんが言ったことは、確かに今までのことへの償いになるかもしれない。

……だけど、あまりに幸せすぎる償いだ。

そうやって私がまだ迷っていると——ユクエくんはポケットから何かを取り出した。

綺麗《きれい》で小さな箱で、その中には明らかにアクセサリーが入ってそうで——。

「ちょ、ちょっと待って⁉」

「？　どうしたの？」

「どうしたの？　じゃないよ！　だってそれって……」

「そんなわけないでしょ。僕たち、まだ十八歳だよ？」

私の指摘に、ユクエくんは少し笑って首を横に振った。

そ、そうだよね……そんなわけないよね。

安心した気持ちと、なぜかほんのちょっとだけ残念な気持ちが入り混じる。

こんな状況で、私はなんで残念がってるの。

そんな自分に嫌気が差していると、急にユクエくんは小さな箱を開いた。

——指輪だった！

「バイト先の店長に協力してもらって僕が作ったんだ。だから、その……素材とか全然高くないし、宝石とかもないけど」

私が驚くことしかできない中、ユクエくんはこっちを真っすぐ見て指輪の話をする。

確かに宝石はないし、高級そうでもないけど――。
「それでも！　ありったけのライカへの想《おも》いを込めて作ったよ！」
ユクエくんが照れくさそうに、そう伝えてくれた。
私のためにユクエくんが指輪を作ってくれるなんて。
別に高くなくても、宝石が輝いてなくても、嬉《うれ》しいに決まってる！
きっといま私は世界で一番幸せ者だ！

「僕と一緒に、僕の夢を叶《かな》えてくれませんか？」

ユクエくんは顔を赤くしながら、笑っていた。
まるで彼の夢だけのために聞こえるように、彼は言っている。
けれど、これは紛《まぎ》れもなくプロポーズだ。
二人が幸せになるためのプロポーズ。
普通なら十八歳でプロポーズとか、おかしいって思うかもしれない。
その証拠に制服姿でプロポーズしている彼を、周りの人たちは驚いた目で見ている。
でも、私はおかしいなんて全く思わない。
大好きな人が指輪を作ってまで想いを伝えてくれて、嬉しくないわけないよ！

私の瞳からは涙が溢《あふ》れていた。もちろん嬉し涙だ。
――私は決心した。
これから私は一生をかけて、ユクエくんを幸せにしようって。
それが私がユクエくんにできる最大の償いであり――一番の恩返しだって！
二人が付き合った日のように、私はユクエくんに思い切り抱きついた。
「私もユクエくんが大好き！　だからユクエくんのお嫁さんにしてください!!」
そして、私にとって最悪の思い出だった場所が、最高の思い出の場所になったんだ！

◇◇◇

この日。私の『夢ノート』に書いてある夢が一つ叶った。
その夢はね――。
『大好きな人のお嫁さんになること』

○エピローグ

プロポーズを受けた日から、私は両親を説得して受かっていた大学に行くのをやめた。

ユクエくんがアクセサリーショップの開業資金を貯《た》めるために働くから、私も一緒に働こうって思ったんだ。両親は最初は反対していたけど、私のユクエくんへの想《おも》いを伝えたら、最終的には快く受け入れてくれた。

もしかしたら私がユクエくんをどれだけ好きか、よくわかっていたからかもしれない。

あとはお母さんが話してくれたけど、私が記憶喪失の時にユクエくんに、私に近づかないようにって言っていたらしいから、それに対する罪悪感もあるのかも。

娘を守ろうとしてくれたんだから、私は怒ってないんだけどね。

そういうこともあって結婚のこともユクエくんと一緒に話して、最初だけ反対されたけど少し話し合ったら承諾してくれた。ユクエくんの両親の時も似たような感じだった。

つまり！　私とユクエくんの愛が強すぎたってことかな！

それから私たちは婚姻届けを出したあと、二人で安いアパートに住んで、毎日働いてお金を貯めて、数年経《た》って、それでも足りなくて……そしたらユクエくんが高校生の時にアルバイトをしていたアクセサリーショップの店長が、ユクエくんの夢を応援するためにお金を支援してくれて――ようやく、私たちはお店を開くことができた。

お店の名前は二人で考えて『Ｌｅｎａ』にした。

この言葉には色んな意味があるみたいで、その中の一つに古代ギリシャ語で〝光〟を意味する『Ｅｌｅｎａ』って言葉を短くしたものだという説があるんだって。

だから『Ｌｅｎａ』にしたの。どう？　めっちゃ良い感じでしょ！

それからは私がデザインをして、ユクエくんがアクセサリーを作る。

思い描いていた日々を送った。

アイデアはお金を貯めていた時からずっと考えていたから、困ることは全くなかった。

そんな努力のおかげか、私たちのアクセサリーはすぐに評判になり、特に学生たちに人気が出た。買ってくれた人はみんな喜んでくれて、それが私もユクエくんも嬉《うれ》しかった。

そんな日々が続く中――私たちに子供ができた。女の子だった。

名前は『レナ』。お店と同じ名前なんだけど、それだけじゃなくて〝光〟のようにキラキラした子になって欲しいなって思ったから！

私とユクエくんと同じようにカタカナなのは、私たちは自分たちが世界で一番幸せだと思っていて、だから私たちのように彼女にも世界で一番幸せになって欲しいから！

もちろん三人での生活も、本当に！　本当に幸せだった!!

そして月日は流れて――今日、レナは夢に向かって旅立とうとしていた。

○エピローグ2

「じゃあ、そろそろ行くね」

玄関で靴を履くと、私——七瀬《ななせ》レナは笑って言った。

「レナ、やれるだけ頑張ってきなさい」

「でも、無理はしないようにね」

お母さんもお父さんもそう言ってくれるけど、揃《そろ》って心配そうな顔をしていた。

不安にさせたまま行くのは、ちょっと良くないよね。

「安心してよ！　なんたって私はお母さんとお父さんの娘だし、お母さんからもらった大事なパーカーちゃんもついて来てくれるからね！」

私は自信満々に、着ている真っ白なパーカーを見せる。

このパーカーはお母さんが私にくれたものだ。

実はお父さんにプロポーズをされた時、真っ白なパーカーも贈られたみたい。

お母さんが中学の頃、描いていたキャラに真っ白なパーカーをよく着せていて、同じパーカーを着たいなって話してもいて、そのことをお父さんは覚えていてくれたんだって。

「私がアメリカに行っている間、お母さんとお父さんはお店を潰さないようにね！」

「そんなことにはならないよ。生意気なことを言わないの、まったくもう」

私の言葉に、お母さんがちょっとため息をつく。

お母さんたちは空港まで見送るって言ってくれたけど、お店のこともあるし断った。一回断っても、何回も空港まで見送るって言ってくるから断るの大変だったよ。

親子だからなのか、お互い強情なんだよねぇ。

なんて思っていたら、ふと思い出した。そうだ、お母さんに訊《き》きたいことがあったんだ。

「そういえば、昨日のお母さんたちの昔の話って、私の夢となんの関係があったの？」

「いま聞くの⁉」

お母さんはびっくりしていた。しょうがないじゃん、気になってるんだもん。

感動的な話で号泣もしちゃって、おかげで泣き疲れて昨日はぐっすり眠れたけど。

結局、私の夢とどう関係あるのかわかんなかったよ。

ちなみにうちの映画コレクションはお父さんのものって聞いていたけど、実は二人のものらしい。お母さんも映画を買ったりしてるって私にバレたら、話したくないタイミングでお母さんたちの過去の話を話さなくちゃいけない気がして、秘密にしていたんだって。

「ライカ。僕たちのこと、レナに話したの⁉」

お父さんが驚いた顔で、お母さんを見ていた。それにお母さんは手を合わせて謝る。

話したこと、言ってなかったんだね……まあ昨日の今日だから、そんな時間はなかったと思うけど。

「いいレナ。よーく聞いてよ」

それからお母さんはこっちを見て、私に二人の過去を語った理由を話してくれた。

お母さんたちは二人とも一度、どうしようもない理由で夢を諦めた。

けれど、夢は何個でも抱いたってよくて、それは小さくても大きくてもいい。

つまり、人はいつだって夢を抱くことができて、いつだって叶《かな》えることができるんだ。

「えっ、それって私の夢が叶わないかもってこと？」

「違うよ。いつだって夢を抱けるからこそ、いまの夢を安心して全力で叶えようとしなさいってこと！」

少し戸惑っちゃうと、お母さんは笑って答えてくれた。

さらにお母さんは、こうも話してくれたんだ。

みんな夢を抱きたがらないのは、言ってしまえば夢を叶えられないのが嫌だから。

でも夢を叶えられなくたって、次の夢を抱けばいいんだって思えば、もっと前向きに夢に挑戦できるでしょ！　ってね。

「なるほど！　すっごく良い考えだね！　でも、私は絶対にハリウッド女優になるよ！」

「そうだね。レナならハリウッド女優になれそう」

お母さんはまた笑ってくれるけど、やっぱりちょっと心配そう。

こうなったら必ず夢を叶《かな》えて、お母さんたちを安心させるしかないね。

「そうだ！　最後にみんなであのポーズしようよ！」

「あのポーズって……いまするの!?」

「僕もわかっちゃったんだけど……本当にするの？」

お母さんとお父さんが恥ずかしそうにしているけど、私は逃がさない。

だって娘の言うことは、快く聞いてあげるのが親ってもんでしょ！

「お母さん、お父さん！　じゃあいくよ！」

「わかったって。ユクエくんもちゃんとやってね！」

「照れくさいけど、愛《いと》しい我が子が言ってるなら、やらなくちゃね！」

それから私たちはみんなでポーズを取った。

腕をクロスして、右手は三本の指を立てて、左手は二本の指を立てている。

お母さんとお父さんの思い出のポーズ。

そんな二人の左手の薬指には、宝石がない指輪が輝いていた。

お店が安定したあと、それまで結婚式をしたり結婚指輪を贈る余裕もなかったから、改めてお父さんが高い指輪を作ろうとしたみたい。

でも、それをお母さんは断ったんだって。理由はプロポーズの時にお父さんが贈った指輪が、お母さんは世界で一番好きだから。

だからお父さんはお母さんに贈ったものと全く同じ指輪を作って、以来、二人ともずっと薬指に宝石がない指輪を着けているんだって。

結婚式の時も、お母さんの強い希望でその指輪を使って式をあげたみたい。

なんかさ、めっちゃロマンティックだよね！

よーし！　お母さんたちとポーズして指輪を眺めていたら、すごい気合入ったぞ〜!!

「レナ、あっちでも自信を持って頑張ってきなさい！　なんたって私とユクエくんの娘なんだから！」

「僕はまだ少し心配だけど……うん！　レナなら大丈夫！　きっと夢を叶えられるよ！」

お母さんとお父さんが最後のエールを送ってくれる。

こんなのさ！　もう嬉《うれ》しいに決まってるよね！

「ありがとう！　お母さん、お父さん！　じゃあ行ってきます！」

そして――私は扉を開いた。

見上げれば雲一つない青空で、太陽が眩《まぶ》しいくらいに輝いていた。

まるで太陽も頑張れ！　って、私のことを応援してくれているように感じた。

たったそれだけのことなのに、強く思ったんだ。

私、きっと夢を叶えられる！　ってね。

◇◇◇

これは大好きなことを、大好きな人を諦めきれなかった――『普通』になりきれなかった……ううん、違うね。

お母さん、お父さん。いまで言うと、こんな言葉なんだよ！

まあ私も使い方が合っているのか、正直わからないけど――。

これは大好きなことを、大好きな人を諦めきれなかった――『普通《ミイハー》』になりきれなかった二人――立花《たちばな》ライカと七瀬《ななせ》ユクエが幸せになった物語。

そして、二人と同じように『普通《ミイハー》』になりきれなかった少女――七瀬レナが幸せを掴《つか》みに行くための物語。

『あとがき』

初めまして。以前から私の作品を読んで下さっていた方はお久しぶりです。三月《みつき》みどりです。この度はＣｈｉｎｏｚｏ様のボーカロイド曲ライトノベル、第七弾の『ミィハー』の著作をさせていただき大変光栄に思っております。

今作は、夢に向かってなかなか勇気を出せなかったり。

そもそも夢ってなんだろう？　って思っていたり。

夢って言葉が大きすぎて、なかなか夢を抱くイメージが湧かなかったり。

逆に、どうしようもない理由で夢を断念せざるを得なかったり。

そんな人たちが、何かを得られるような物語になってます。

きっと既に夢を抱いている人、夢に挑戦している人を除いては、誰しもがこの四つのどれかに当てはまるんじゃないかなって思ってます。

なので、もしこの物語で少しでも読者様の助けになれたら嬉《うれ》しいかなって思います。

もちろん、いま夢を抱いている人や夢に挑戦している人たちも、ライカちゃんとユクエくんの気持ちにすごく共感できると思いますし、最後にそういう人たちに向けてのメッセージを、レナちゃんとの会話でライカちゃんが伝えてくれているので、楽しんで読んでいただけたら幸いです。

あとは、そうですね――ライカちゃんとユクエくんが可愛《かわい》すぎる！

すみません、二人のあまりの尊さに取り乱しました。……でも、ラストに一回だけ。

ライカちゃんとユクエくんが可愛すぎる!!


最後となりますが謝辞を述べさせていただきたいと思います。

Ｃｈｉｎｏｚｏ様。今作も様々なアドバイスを下さりありがとうございました！　おかげでより良い物語としての『ミィハー』になったと思っております！

アルセチカ様。激カワで素敵なイラストありがとうございます！　特にライカちゃんとユクエくんがヤバ過ぎます！　めっちゃ最高です！

担当編集のＭ様。執筆中にたくさん助けていただきありがとうございました。

Ｍ様のお力添えのおかげで、クオリティが何倍も良くなったと思っております。

出版に関わっていただいた全ての皆様、そしてなにより、今作を手に取って下さった読者様に心から感謝を述べたいと思います。本当にありがとうございました。

それではまたどこかでお会いできる機会があることを心から願って――。

MF文庫J

ミィハー

2025年 1月 25日　初版発行

著者　三月みどり
原作・監修　Chinozo
発行者　山下直久
発行　株式会社 KADOKAWA
〒102-8177 東京都千代田区富士見 2-13-3
0570-002-301（ナビダイヤル）
印刷　株式会社広済堂ネクスト
製本　株式会社広済堂ネクスト

Printed in Japan　ISBN 978-4-04-684211-4 C0193